13 POVESTIRI SCURTE

Cathy McGough

Stratford Living Publishing

CE SPUN CITITORII...

VINUL DANDELION

U.S.

„Dandelion Wine" este o povestire care te face să te simți bine, deși epilogul m-a făcut să mă simt un pic tristă de modul în care se schimbă lucrurile. A fost destul de plăcut să vizitez pe scurt o perioadă în care lucrurile erau diferite.

„O poveste scurtă și dulce pe drumul amintirilor către o viață simplă într-o zi de vară adyllică."

CEA MAI STRĂLUCITOARE STEA

„Dragostea nu dă greș niciodată. Viața de dragoste a Lindei și a lui William este rezumată în această scurtă poveste. O poveste despre frustrare și luptă, în timp ce se agață de iubire prin toate."

REVELAȚIA LUI MARGARET

Canada

„Am început să citesc această nuvelă la câteva minute după ce am cumpărat-o și, odată ce am început, a trebuit să o termin. Mi-a plăcut foarte mult această poveste. Este bine scrisă şi nu puteai să nu simţi pentru protagonist. Iar surpriza de la final m-a făcut să-mi cadă fălcile."

DARRYL ŞI EU

U.S.

„Spooky. O scurtă poveste dulce-amară despre tragedia unei femei şi încercarea ei de a face faţă în timp ce este însărcinată."

U.K.

„O poveste grozavă. Emoţii excelente. Chiar am simţit pentru Cath şi Darryl."

UMBRELA ŞI VÂNTUL

U.S.

„Sci-Fi la modul cel mai modern şi oportun. O lectură scurtă şi bună."

„Autorul învârte o poveste SF plină de imaginaţie, stârnind vânt periculos, o umbrelă zburătoare, o sticlă verde care se învârte şi multe altele. O poveste scurtă cu acţiune rapidă."

India

„Ce călătorie palpitantă! Fluxul este super-rapid şi scrisul consistent şi neted. Cumva, mi-a amintit de Jerome K Jerome şi Trei oameni într-o barcă."

U.K.

„Mama weekend-urilor proaste îl întâlneşte pe extraterestru. Scrisă cu un spirit sec, aceasta este o poveste bizzarro cu un obiect extraterestru masiv verde, umbrele şi arme. O poveste extrem de imaginativă, dacă nu chiar nebunească, care te va captiva până la ultima pagină. Note maxime pentru imaginaţia creativă, Cathy

McGough. S-ar putea să vă facă să râdeți cu voce tare și să vă vărsați cafeaua."

DORINȚA DE MOARTE

U.S.

„Am citit asta într-o jumătate de oră aseară, după ce m-am culcat. M-am întristat pentru acest om care simțea că viața lui este inutilă. McGough conduce cititorul până la limită și, chiar și atunci când a depășit punctul fără întoarcere, habar nu ai cum se vor termina lucrurile. O poveste grozavă de citit la prânz sau în pauza de cafea."

„Mi-a plăcut creativitatea lui Cathy McGough în realizarea unei nuvele scurte de 20 de pagini cu o mare experiență de schimbare a vieții unui om care nu și-a putut găsi scopul în viață."

„Aveam această carte în KIndle-ul meu de ceva timp, dar când m-am decis în sfârșit să o citesc, nu am lăsat-o jos până nu am terminat-o. Deși este o lectură foarte scurtă, intriga și personajele sunt complet dezvoltate. Mi-a plăcut."

„Se citește ca un episod din Tales from the Crypt sau Twilight Zone."

„Mi-a plăcut și, pe măsură ce citeam, mă întrebam DE CE? Când am aflat, am fost îngrozită, genul ăsta de lucruri este cel mai urât coșmar al meu."

U.K.

„Autorul folosește cu abilitate monologul intern al personajului pentru a-i dezvălui viața și decizia cu care se luptă. M-a captivat până la sfârșit. Această poveste spusă cu abilitate este o lectură foarte amuzantă și o recomand cu căldură."

Indice de conținut

Dedicație

PENTRU DIANNE

Prefață

Dragi cititori,

Această colecție de povestiri cuprinde șase dintre preferatele cititorilor mei și șapte povestiri noi pe care le-am scris în timpul pandemiei.

Se spune „afară cu vechiul și înăuntru cu noul", dar eu zic să privim întreaga perspectivă.

Lectură plăcută!

Cathy

VINUL DANDELION

ERA 1967 ȘI VARA era pe sfârșite când mi-am tras
căruța roșie și șubredă pe un drum pietruit fără ieșire.
Zăngănitul roților căruței mele era un sunet familiar, pentru
oamenii de pe traseul nostru.

„Frumoasă zi pentru o plimbare", spuneam eu.

„Cu siguranță este. Să ai și tu o zi bună", îmi răspundeau ei.

Dacă prietena mea Sandra și cu mine eram norocoase, ne
aduceau apă cu gheață, cola sau limonadă. Deși nu locuiam
în apropiere, am fost tratate cu amabilitate de majoritatea.
Majoritatea, dar nu toți proprietarii de case.

„Nu fi o pacoste", îmi spunea mereu tata, și nu eram.
Întotdeauna mi-am văzut de treaba mea. Nu mă bălăngăneam
și nu încercam să atrag atenția asupra mea. Puteam să mă abțin
dacă roțile care scârțâiau scârțâiau?

Eram o fată cu un scop, așa că nu conta că mă dureau brațele chiar dacă îmi doream să crească mai repede. Nu conta când căruţa se răsturna într-o groapă sau când se rostogolea în șanţ.

Totuși, mă gândeam la femeia nebună din una dintre case. Mi-era teamă să trec singură pe lângă casa ei.

În alte vizite ţipa la noi pentru că nu făceam nimic. Sau ne înjura. Odată și-a trimis chiar și câinele afară, săltând și lătrând. Cățelul proteja drumul ca și cum ar fi fost o parte din proprietatea ei. M-am uitat la acoperiș, unde vechiul steag canadian flutura în vânt. Unii spuneau că ea refuza să arboreze noul steag cu frunza mare de arţar. Ea și câinele ei mi-au dat fiori.

Respiraţia mi s-a accelerat pe măsură ce mă apropiam de temuta casă. Deoarece era o stradă fără ieșire, nu aveam de ales decât să trec. M-am oprit și m-am uitat în urmă să văd dacă vine Sandra. Nici urmă de ea încă.

Apoi mi-am amintit că piciorul norocos de iepure al bunicii era în buzunarul meu. Mi-a dat curaj. Am tras căruţa cu ambele braţe și m-am grăbit să trec.

Știam că Bătrâna Doamnă Macguire era acolo. Nu trebuia s-o văd. O puteam simţi. În casa din stânga, în spatele perdelelor. Mă privea cu ochi răi. Ura copiii, toţi copiii.

Câteva case mai târziu, aproape că m-am împiedicat de șiretul de la pantofi. Am sprijinit căruţa înainte de a mă ghemui pentru a-l reatașa. În timp ce o făceam, m-am uitat peste umăr și am văzut perdelele mișcându-se. Acum nu mai conta. Eram în afara razei de acţiune a ochiului ei rău.

„Hei, așteaptă! Așteaptă!" Sunetul vocii prietenei mele a însoțit atingerea sandalelor ei de drumul pietruit. În sfârșit, prietena mea cea mai bună a ajuns. Sandra întârzia mereu la toate.

M-am întors în direcția ei și am văzut-o alergând pe lângă casa Bătrânei Doamne Macguire. Era fără suflare când a ajuns la mine. Am căzut una în brațele celeilalte. Amândoi reușisem să trecem cu bine de locuința bătrânei vrăjitoare.

„Era și timpul!" Am spus un pic nerăbdător când ne-am despărțit.

„Scuze, am avut treburi de făcut și mama era hotărâtă să-mi perie părul. Ea a spus că am fost o rușine publică!"

„Rochia ta este drăguță", am spus eu, luând notă de pliurile și fundele care împodobeau cele două buzunare din față. Era drăguță și complet nepotrivită pentru cules fructe.

Sandra a apucat jumătatea ei de mânerul căruței cu o mână și a apăsat pe partea din față a rochiei cu cealaltă. „Urăsc rozul", a spus ea.

Mâna ei de lângă a mea se potrivea perfect și am reușit să tragem căruciorul unul lângă altul cu ușurință.

„Mama m-a pus să promit să mă opresc la magazinul din colț în drum spre casă și să cumpăr o pâine." A băgat mâna în buzunar: „Vezi, mi-a dat douăzeci și patru de cenți, plus o monedă de cinci cenți ca să putem împărți o înghețată cu banane."

„Oh, asta e ceva ce trebuie să așteptăm cu nerăbdare." Banana era aroma noastră preferată.

Am continuat să mergem pe jos. Un câine a lătrat undeva în spatele nostru.

„Ca să primesc banii pentru îngheţată, *a trebuit* să port rochia asta stupidă."

„Nu e stupidă", am spus eu minţind şi dorindu-mi să am şi eu o rochie drăguţă pe care să o pot purta într-o zi care nu era o zi de biserică. Cu doi fraţi, o soră şi încă un copil pe drum, nu era probabil să primesc o rochie nouă prea curând.

Sandra a şoptit: „Ai văzut-o?" Ştiam că se referea la Bătrâna Doamnă Macguire. „Ai simţit ochiul ei rău asupra ta astăzi?"

„Nu, pentru că mi-am încrucişat degetele şi ochii." Am minţit.

„Bine gândit", a spus ea mutând cea mai mare parte a greutăţii pe partea ei şi întrebând: "Vrei să preiau eu şi să trag pentru o vreme?"

„Nu, s-ar putea să-ţi murdăreşti rochia." Sandra a râs. „E mai distractiv împreună", am spus în timp ce ne plimbam pe lângă casa domnului Holiday şi apoi pe lângă casa domnului şi a doamnei Otter.

Aproape de destinaţie, am devenit tăcuţi. Ca cei mai buni prieteni, nu trebuia să vorbim tot timpul. Scopul călătoriei noastre era unul comun, dependent de *arbuştii de coacăze negri ai domnişoarei Virginia Martin. Dacă erau destule coacăze, ne lăsa să luăm o parte. Dacă recolta era slabă, călătoria noastră ar fi fost în zadar.

„Abia aştept să văd cât de multe fructe sunt", am spus.

„Am sentimentul că vom fi norocoşi", a spus Sandra.

Ne-am oprit şi ne-am uitat la casa domnişoarei Virginia. Grădina din faţă era întotdeauna imaculată, era ca şi cum vântul ar fi ştiut să tot împrăştie gunoiul şi frunzele ca să nu-i strice frumoasa peluză.

De când eram mică, mă uitam mereu după feţe prietenoase în case. Mama spunea că e un obicei de care voi scăpa în timp.

Casa domnişoarei Virginia avea o faţă neobişnuită, dar amabilă, cu două ferestre rotunde în partea de sus. Când jaluzelele erau trase pe jumătate sau până la capăt, arătau ca nişte pleoape. Această caracteristică era diferită de toate celelalte case pe care le văzusem.

Între ochi, creştea un nas. Un nas făcut din cărămizi. Diferenţa era că aceste cărămizi stăteau în picioare, în timp ce restul cărămizilor erau în lateral. Mi-au dat fiori, ca şi cum constructorul ar fi ştiut că face un nas doar pentru mine. Ştiu că probabil sună aiurea.

Apoi am ajuns la gura de dedesubt, care a fost modelată de uşile duble. Un vitraliu în partea de sus a făcut-o să arate ca un rând de dinţi cu aparat dentar.

Îmi plăcea să stau şi să mă uit la casă pentru că era şi un loc în care natura prospera. Am râs amintindu-mi cum iedera care creştea sălbatic făcea uneori casa să pară că are mustaţă sau barbă.

Am observat că Sandra fredona *Penny Lane*. Mereu fredona când se plictisea. *Beatles* erau în regulă, dar eu îi preferam *pe The Stones*.

Sandra şi-a periat părul blond de pe faţă, în timp ce muştele bâzâiau în jurul ei ca şi cum transpiraţia ei ar fi fost o invitaţie la înmulţire.

Mi-am eliberat strânsoarea de căruţă şi m-am ridicat pe vârfuri ca să văd peste gard. Speram să fiu suficient de înalt de data asta, dar n-am avut noroc. Sandra a încercat şi ea, pentru că era cu puţin mai înaltă, dar nici ea nu a putut să vadă peste gard. Am ţinut căruţa nemişcată în timp ce Sandra a urcat şi a încercat să vadă peste gard, dar nici asta nu a fost de ajuns.

„Cred că ar fi mai bine să mergem acolo sus şi să întrebăm", a spus Sandra.

„Destul de corect."

Am tras căruţa pe peluza din faţa casei domnişoarei Virginia şi am parcat-o, apoi ne-am plimbat pe aleea lungă care era mărginită de flori. Floarea-soarelui dădea din cap, înclinându-se în faţa noastră ca şi cum am fi fost regale trecând printre ele. Câteva păpădii se zbăteau în umbra verişoarei lor.

„Îţi aminteşti când tatăl meu ne-a lăsat să gustăm vinul de păpădie pe care l-a făcut?"

„A fost cel mai îngrozitor lucru pe care l-am gustat vreodată", a spus Sandra.

„Ştiu, dar tot nu trebuia să-l scuipi." Am râs amintindu-ne de vinul care s-a împrăştiat pe cămaşa tatei. „Tata a crezut că ai fost foarte nepoliticoasă."

„Nu am vrut să fiu." S-a uitat la picioarele ei. „Hei, ştii ce? Am putea cere floarea soarelui şi să o vindem."

„Sunt drăguţe, dar să rămânem la plan. Doamna Smith a spus că ne va plăti două monede de 25 de cenţi (cincizeci de cenţi) pentru cât de multe coacăze negre putem transporta, aşa că avem deja un cumpărător. Nu ştim pe nimeni care să vrea floarea-soarelui."

„M-am gândit doar că cineva ar putea dori seminţele. Dar bine."

M-am uitat la prietenul meu şi am ales să nu mai spun nimic pe această temă.

La capătul scărilor, ne-am adunat gândurile. Din experiență, știam că nu contează ce spunem, ci cum o spunem.

Data trecută am dat greș, lamentabil. Dra Virginia a spus că coacăzele negre nu erau încă gata. A spus cât de încântată era să creeze noi rețete pentru Târgul Anual de Toamnă.

Domnișoara Virginia era faimoasă în ținutul nostru, după ce câștigase numeroase medalii de aur pentru rețete legate de coacăze negre. Fotografia ei apărea adesea în ziarul local, uneori chiar pe prima copertă.

Așadar, era dreptul ei să păstreze fructele pentru ea, dar în lume este vorba despre a le împărți. Am sperat să o convingem să ne aloce o porție de coacăze negre.

La acea vizită, dezamăgirea trebuie să se fi citit pe fețele noastre, pentru că domnișoara Virginia ne-a invitat să o ajutăm să culeagă mere și pere. S-a oferit să ne plătească câte zece cenți, dar nu a fost suficient pentru a obține ceea ce ne doream. I-am mulțumit pentru oferta ei amabilă și generoasă, dar am refuzat.

„Și dacă spune nu?" a întrebat Sandra, tresărind în timp ce se uita în ochii mei.

Am întins mâna și am atins șuvițele lungi și blonde ale prietenei mele, apoi am tras puțin de șuviță. „Haide, să aflăm."

Sandra a început să alerge, dar am prins-o la timp și am rostit cuvintele „DECORUM", la care Sandra a răspuns: „Huh?"

„Încetinește", i-am șoptit. „Nu uita că suntem domnișoare".

Am chicotit. Sandra și-a netezit din nou partea din față a rochiei.

Eu mi-am scos mâinile din buzunare și m-am întins după ciocănel. Chiar înainte să o ating, domnișoara Virginia a deschis uşa. Zâmbea, nu doar cu gura, ci şi cu ochii. Era fericită să ne vadă, ăsta era un semn bun.

„Pe cine avem aici în această dimineaţă frumoasă?", a întrebat ea, ştiind foarte bine pe cine are acolo, pentru că Sandra şi cu mine revenisem toată vara. Ne urcasem pe veranda ei de mai mult de o duzină de ori, întrebând de coacăzele negre.

„Suntem noi, eu şi Sandra", am spus, iar noi două am făcut un fel de reverenţă. A fost cea mai bună încercare a noastră, deşi adevărata Regină a Angliei nu ar fi crezut la fel. Miss Virginia a aplaudat.

„Ei, bine, bine", a spus domnişoara Virginia, în timp ce ne privea de sus în jos. Sandra în frumoasa ei rochie roz şi eu în salopeta mea. „Voi două nu arătaţi..." A ezitat. „Voi fetelor îmi amintiţi de..." A făcut o pauză, cuvintele şi expresia feţei ei fiind acum îngheţate. Ochii ei au devenit trişti, doar pentru o secundă. A zâmbit. „Voi două arătaţi ca un tablou, de fapt, aş vrea să fac o poză dacă nu vă supăraţi?"

Trecerea ei de la veselie la tristeţe şi din nou la veselie m-a făcut să mă doară stomacul. M-am uitat la Sandra şi am fost de acord. Domnişoara Virginia ne-a invitat înăuntru să aşteptăm în timp ce ea pregătea aparatul foto. În cealaltă cameră o puteam auzi deschizând şi închizând sertare.

„Sunt îngrijorată pentru căruţă", a şoptit Sandra.

Am dat înapoi şi m-am uitat pe fereastră. „Totul este în regulă". După aceea, am rămas cu ochii pe căruţă pentru că nu voiam să dispară din nou.

Ca atunci când am intrat înăuntru pentru un pahar de limonadă. Când am ieșit din nou, dispăruse. Am mers și am tot mers încercând să o găsim, dar nu era niciun semn de căruță.

Sandra și cu mine ne-am dus acasă. Eram teribil de supărat, plângeam ca un copil. Căruța însemna foarte mult pentru mine, cu roți scârțâitoare și toate cele. Fusese un cadou de Crăciun din partea bunicilor mei.

Părinții și prietenii noștri au căutat până când s-a aprins lumina pe stradă. A doua zi, am pus un anunț în ziarul „Obiecte pierdute și găsite". A fost găsită dincolo de zona împădurită, răsturnată pe câmpul unui fermier.

Noi, Sandra și cu mine știam cine l-a pus acolo. Desigur, a fost Bătrâna Macguire, dar nu aveam nicio dovadă. Tata spunea că nu trebuie să acuzi pe nimeni de nimic fără dovezi, dar noi o văzusem privindu-ne cu ochiul ei rău.

Chiar atunci, domnișoara Virginia s-a întors cu un Kodak Instamatic. Văzusem o reclamă la ea în exemplarul lui tata din revista Life. Modelul 104 era o adevărată minunăție.

„Adunați-vă acum, fetelor."

„Nu ar fi mai bună lumina afară?" Am întrebat.

Ea a zâmbit și a deschis ușa din față.

Am așteptat pe verandă, încercând să nu ne agităm prea mult în timp ce domnișoara Virginia a decis unde vrea să stăm pentru a obține cea mai bună lumină.

M-am sprijinit de peretele verandei, încercând să zăresc tufele de coacăze negre, dar nu a fost bine.

„Hmmm", a spus domnişoara Virginia, "de ce nu mergem în grădină? Cu tot ce înfloreşte, am putea face nişte fotografii minunate".

Sandra şi cu mine am zâmbit.

Ne-am îndreptat în jos pe scări. Sandra a ajuns jos dintr-un salt rapid, spre dispreţul meu. Domnişoara Virginia nu părea să se supere. Ne-am plimbat în spatele ei, asimilând fiecare cuvânt. „Aici creşte pătrunjelul, iar aici sunt roşiile mele. Doamne, cât de înalte au crescut anul acesta. Nimic nu se compară cu sosul proaspăt de roşii. Iar aici este plantaţia mea de păpădii. Le folosesc pentru a face vin de păpădie."

Sandra a oftat şi a făcut o figură.

Domnişoara Virginia nu părea să observe. „Şi aici este plantaţia mea de coacăze negre, dar bineînţeles că pe asta o ştiţi deja, fetelor."

Am încercat să nu par prea entuziasmată şi am aruncat o privire peste umăr la căruţă, evaluând cât de mult puteam căra într-o singură călătorie. Mi-aş fi dorit să-l fi adus cu noi în grădină.

Am simţit cum braţul Sandrei se freca de al meu. Am observat că gura ei atârna larg deschisă în timp ce privea coacăzele. Arăta ca un câine care îşi aşteaptă cina.

„Eu aş închide-o, domnişoară", a exclamat domnişoara Virginia, "dacă nu vrei să prinzi nişte muşte."

Sandra şi-a ascuns gura după mână.

Domnişoara Virginia a râs aproape în hohote în timp ce ne uitam la tufele de coacăze negre în plină înflorire. Fructele atârnau acolo, gata să fie culese. O mulţime şi o mulţime de coacăze. Eram atât de încântate încât am scos un ţipăt.

„Mai întâi fotografiile", ne-a reamintit domnișoara Virginia. Domnișoara Virginia a încercat să găsească cel mai bun unghi posibil, având în vedere că copacii se întindeau în lumina soarelui, creând umbre.

Mi-am dat seama că, având atât de multe coacăze gata să fie culese, domnișoara Virginia va avea nevoie de ajutorul nostru și va trebui să ne ofere mai mulți bani decât atunci când ne-a cerut să culegem merele și perele. Cu merele și perele, eram limitați la ceea ce puteam atinge. Cu tufele de coacăze negre, ne puteam plimba și culege fiecare coacăz.

„Putem să culegem câteva acum?" a întrebat Sandra.

Am scuturat din cap sperând că nu ne-a ratat șansele.

„Aș vrea o fotografie cu tufele de coacăze negre în spatele tău. Aveți grijă, să nu le striviți sau să nu le doborâți fructele și, pentru numele lui Dumnezeu, să nu mâncați niciuna înainte de poză, altfel mâinile și gurile voastre vor fi pătate. Oh, tocmai mi-am amintit. Acum, fetelor, așteptați aici în timp ce eu intru puțin înăuntru."

Singure, poziționate exact în fața coacăzelor, era ca și cum ne strigau pe nume. Ne-am agitat. Așteptam. Am încercat să nu ascultăm șoaptele tufelor de coacăze negre. Ne-au invitat să alegem una. Să gustăm.

„Asta e o nebunie", a spus Sandra. Și-a deschis și și-a închis pumnii. S-a întors cu fața spre tufele de coacăze negre.

M-am întors și eu. „Sunt de acord. Dar dacă așteptăm coacăzele negre, vom face destui bani vânzându-le într-o singură după-amiază."

„Corect", a spus Sandra, uitându-se la ciorchinii de fructe. „Dar eu trebuie să iau unul"

„Nu," am spus eu.

„Dar ea nu va şti niciodată!"

„Bine, hai să alegem o boabă."

„Dar sunt atât de mici."

Sandra a ales una şi la fel am făcut şi eu. Am băgat-o în gură şi dulcele şi acrişorul m-au făcut să vreau încă una. Şi încă una. Am luat o mână plină şi le-am aruncat în gură. Sucul de coacăze mi-a acoperit limba.

Domnişoara Virginia s-a întors în grădină.

Cred că arătam destul de bine. Sandra cu sucul murdar pe faţă şi pe rochie. Eu ascunzându-mi mâinile în buzunare.

Dra Virginia nu s-a supărat pe noi. În schimb, a spus: „Oh, uită-te la rochia ta frumoasă." A clătinat din cap. S-a îndepărtat. „Asta a fost tot pentru astăzi, fetelor. Acum voi două mergeţi acasă."

„Dar domnişoară Virginia. Cum rămâne cu coacăzele negre?"

„Da", a spus Sandra, "Ne pare rău că nu am aşteptat, dar ne strigau."

Domnişoara Virginia a râs. „Îmi amintesc când ne strigau pe mine şi pe surorile mele."

A devenit din nou tristă, iar stomacul meu a făcut acel lucru ciudat. „Cum rămâne cu pozele?"

Domnişoara Virginia ne-a rugat să ne luăm locurile şi apoi a spus: „Spuneţi brânză". După câteva fotografii, a întrebat: „De ce sunteţi voi două atât de interesate de coacăzele mele negre?"

Sandra mi-a şoptit la ureche şi am fost de acord să îi spunem totul.

„Domnişoară Virginia, vrem să câştigăm suficienţi bani pentru a face schimb de brăţări ale prieteniei. Le-am văzut la piaţă şi costă un sfert bucata", a spus Sandra.

„Doamna de la piaţă le face singură. A spus că am putea face o ceremonie a prieteniei şi apoi vom fi cele mai bune prietene pe viaţă."

Domnişoara Virginia nu a vorbit la început. În schimb, s-a plimbat prin poartă şi noi am urmat-o. S-a oprit şi a atins feţele florilor de soare, ca şi cum florile ar fi fost prietene vechi. Părea pierdută în gânduri.

M-am întrebat dacă nu cumva ceream prea mult şi ofeream prea puţin în schimb.

„Veniţi cu mine", a spus domnişoara Virginia când a început să culeagă păpădii. Când braţele ei erau pline, i-a dat câteva Sandrei, care a cules mai multe şi mi le-a dat mie. Încă nu a terminat, a adunat mai multe şi le-a ţinut în faţa rochiei sale. S-a aşezat şi a făcut o grămadă din cele pe care le adunase. Ne-a rugat să combinăm florile noastre cu ale ei. Ne-am aşezat şi noi, Sandra pe o parte şi eu pe cealaltă.

Domnişoara Virginia a luat o singură floare, apoi alta. Am urmărit-o cum îşi introduce unghia în tulpini şi lasă să curgă laptele de păpădie. Deşi degetele îi deveneau lipicioase, ea a continuat să le înşire, creând un şir de păpădii. A terminat un şir, apoi a început altul.

„Vedeți această substanță lăptoasă?" a întrebat domnișoara Virginia. Am dat din cap. „Ce credeți că este?"

„Este sânge?" A întrebat Sandra.

Și eu m-am întrebat asta, dar nu am vrut să o spun pentru că nu mai auzisem niciodată de sânge alb. Nu m-am aventurat să ghicesc și în schimb am ridicat din umeri.

„Fetelor, ați auzit de latex?"

Am scuturat din cap.

„Îl folosesc pentru a face cauciuc."

„Vrei să spui ca mingea mea de cauciuc din India?"

„Sare foarte sus!" a spus Sandra.

„Da, fetelor, v-ați prins. De aceea este atât de lipicios." Ea a continuat să înșire florile împreună. „Obișnuiam să facem astea, eu și surorile mele, când eram de vârsta voastră."

„Ce s-a întâmplat cu ele, mă refer la surorile tale?" a întrebat Sandra.

„Sunt în rai", a spus ea, în timp ce începea un al treilea șir de flori.

„Cel puțin sunt împreună."

Domnișoara Virginia m-a mângâiat pe mână. „Ești foarte matură pentru vârsta ta, nu-i așa? Ai spus că tocmai ai împlinit șapte ani?"

„Am spus."

„Și tu Sandra?"

„Și eu am șapte ani."

Domnișoara Virginia a privit cerul și pentru câteva momente am privit norii navigând deasupra noastră.

„Acela arată ca un urs", am spus eu, arătând în sus.

„Iar acela arată ca o pată mare de nimic", a spus Sandra.

Am râs. Domnişoara Virginia avea un râs minunat. „Acum, cine e primul?", a întrebat ea, şi cum eu eram cel mai aproape de ea, m-a luat de braţ. Mi-a pus şirul de flori în jurul încheieturii mâinii şi a închis cercul: era o brăţară. A făcut acelaşi lucru pe încheietura mâinii Sandrei, apoi a închis al treilea în jurul ei.

„Ah", a spus domnişoara Virginia, observând că i-au mai rămas destul de multe păpădii. A început să le înşire până când nu a mai rămas niciuna. S-a ridicat în picioare. Ne-am ridicat şi noi.

Domnişoara Virginia a pus şirul de flori pe capul Sandrei. „Se numeşte ghirlandă", a spus ea. „Vrei şi tu una?"

„Nu, mulţumesc", am spus eu.

„Aş putea să-ţi fac un colier frumos?"

M-am uitat la picioarele mele. „Nu aş vrea să folosesc toate păpădiile. Ai nevoie de ele pentru vin."

Sandra şi-a încrucişat ochii şi şi-a scos limba.

Domnişoara Virginia nu a acordat nicio atenţie tragerii de mânecă a Sandrei.

„Oh, nu e nicio problemă", a spus domnişoara Virginia, «mai am câteva rămase de anul trecut» şi a început să culeagă. Ne-am alăturat şi cu noi trei lucrând împreună, în scurt timp purtam un frumos guler însorit. Când mă învârteam, se învârtea şi el.

Mulţumite de podoabele noastre, Sandra şi cu mine nu ne-am grăbit să plecăm şi ne-am petrecut după-amiaza smulgând buruieni şi făcând ordine în grădină.

Când era aproape ora cinei, am spus că trebuie să plecăm.

„Aşteptaţi aici doar o clipă", a spus domnişoara Virginia. S-a întors cu o lavetă, un castron plin cu apă şi cu portofelul ei. „Îmi permiteţi?

Când Sandra a dat din cap, domnişoara Virginia a înmuiat cârpa în apă şi a ridicat pata de pe rochia Sandrei. „Se va usca în timp ce mergi spre casă." A folosit cârpa de spălat pe mâinile şi pe feţele noastre.

„Mulţumesc", am spus noi.

„Oh, şi încă un lucru", a băgat mâna în portofel şi ne-a dat două monede de 25 de cenţi.

Până la urmă puteam cumpăra brăţările prieteniei!

Fără ezitare sau consultare, am refuzat cu recunoştinţă.

Domnişoara Virginia nu părea să se supere. „Ne vedem la anul", a spus ea înainte să închidă uşa din faţă.

Am tras căruţa goală de-a lungul drumului plin de denivelări, ţinând mânerul cu grijă pentru a nu ne deteriora brăţările.

„Poate anul viitor?" a întrebat Sandra.

„Da, poate anul viitor", am răspuns eu. „Acum, hai să mergem să luăm pâinea aia."

Sandra şi-a băgat mâna în buzunar. A zvârcolit mărunţişul. „Nu uita de îngheţata cu banane".

Ajungând la magazinul din colţ, am scăpat mânerul şi ne-am grăbit să intrăm fără să ne gândim la bătrâna Macguire.

EPILOG

M-am întors pe această stradă cu fiul meu adolescent patruzeci şi şapte de ani mai târziu şi, după cum vă puteţi imagina, multe lucruri se schimbaseră. Unele în bine şi altele nu.

Strada nu mai era fără ieșire. Era complet asfaltată și lărgită, astfel încât nu mai existau șanțuri. Majoritatea caselor fuseseră reconstruite cu pereți din lemn și aluminiu. Câteva aveau atașate antene de satelit.

Acum că strada era deschisă, un drum nou, o mulțime de case, un turn de telefonie mobilă și o instalație hidro umpleau spațiul.

Casa domnișoarei Virginia a fost demolată și transformată în unități. Grădina din spate a fost pavată și transformată într-o parcare.

Casa bătrânei doamne Macguire arată cam la fel, deși perdelele au fost înlocuite cu obloane californiene.

Sandra și cu mine am mers pe drumuri separate când familia ei s-a mutat în nord. S-a întors acasă în 1975 și am mers să vedem filmul *Jaws*. După aceea am pierdut legătura.

Căruța mea roșie a fost moștenită de frații și surorile mele, apoi de verii mei. Dacă ar putea vorbi, ar avea multe povești minunate de spus.

Simpla menționare a coacăzelor negre încă mă duce cu gândul la vara anului 67.

CEA MAI STRĂLUCITOARE STEA

ERA SEARA TÂRZIU și un cuplu tânăr stătea sub pătura cerului de noapte neobstrucționat. În spatele lor, un zid de conifere parfumate păzea granițele.

Sub luna plină, William și Linda erau legați de pământ ținându-se de mână, chiar dacă ochii și spiritele lor erau mistuite de stele.

Cerul de la miezul nopții își întindea brațele larg deschise deasupra lor. În îmbrățișarea nopții întunecate, au dansat lent pe repertoriul selectat de Northern Mockingbird, în timp ce stelele și licuricii se îmbrânceau pentru atenție.

Cuplul se simțea ca și cum ar fi fost singurele două ființe vii rămase pe pământ. Împreună se aflau la marginea lumii, priveau, ascultau, erau căsătoriți cu cerul și, după plecarea păsării cântătoare, cu sunetele stimulante ale tăcerii.

Până când o stea solitară s-a aprins, chiar acolo, în fața lor, atrăgând atenția asupra ei. O stea căzătoare. Căzătoare. Arzând o traiectorie pe cer. Sizzling, în interiorul unui curent electric invizibil, accelerând, căzând.

„Ascultă, ai auzit asta?" a întrebat William.

„Da, părea că îngerii își bat din aripi", a răspuns Linda.

Au privit cum a avansat, și-a schimbat cursul, apoi a dispărut în spatele unui nor. Experiența de a o vedea, de a o împărtăși, i-a făcut pe cei doi să simtă că fac parte din ceva mai mare decât ei, ceva din altă lume.

Cu toții ne-am născut din praf de stele. Conectați pentru totdeauna, atât cei vii, cât și cei morți.

Când steaua nu a mai fost vizibilă, cuplul s-a așezat împreună și a așteptat să se întâmple altceva. Niciunul dintre ei nu vorbea, pentru că își păstrau amintirea, amestecând sentimente și senzații. Încadrând momentul în mintea lor pentru totdeauna.

Linda și William știau un lucru sigur, natura era cheia. În zilele în care totul părea imposibil, în care viața era de neconceput - o legătură spirituală cu elementele îi vindeca. Le-a dat speranță și le-a înălțat inimile, mințile și trupurile.

„Ți-ai pus o dorință?" a întrebat Linda în timp ce un stol de Canada Geeze își croiau drum pe cer.

„Nu, deja te am pe tine", a răspuns William în timp ce o strângea pe Linda în brațe. Tânărul cuplu a continuat să privească cerul până când gâștele nu au mai fost văzute sau auzite.

Linda și William trecuseră prin atât de multe împreună și totuși, pentru fiecare, celălalt era suficient.

„Știi, aș putea sta aici pentru totdeauna cu tine William și să las lumea să treacă. Nu simt că pierd ceva și îmi place când lumea este liniștită și este aproape ca și cum noi doi am fi izolați pe o insulă a noastră."

William a îmbrățișat-o tot mai strâns și Linda stătea acum confortabil în poala lui.

În timp ce își împreunau mâinile, o sirenă a răsunat în depărtare. Aceasta a pătruns momentan în mica lor lume până când William, cu o voce șoptită, a început să recite poemul său preferat de Walt Whitman:

„Când l-am auzit pe astronomul învățat,Când dovezile, cifrele, au fost așezate în coloane în fața mea,Când mi s-au arătat graficele și diagramele, ca să le adun, să le împart și să le măsor,Când amestecat l-am auzit pe astronom când preda cu multe aplauze în sala de cursCât de repede, inexplicabil, am devenit obosit și bolnavPână când, ridicându-mă și alunecând, am rătăcit de unul singurÎn aerul mistic și umed al nopții, și din când în când,Priveam în liniște perfectă stelele."

*NOTĂ**

O sirenă a țipat în depărtare, întrerupând momentul. Urmată de o alta și o a treia. Ecourile au sfâșiat liniștea, dar doar pentru o clipă, la fel ca steaua. Unul țipa, unul ardea. Ambele trebuiau să ajungă undeva - repede. Primul era un sunet urât, dur, un sunet care însemna pericol şi haos. O fiinţă umană avea nevoie de ajutor, imediat. Al doilea, o stea, cu aripi frumoase de înger, care se agita, murind. Sfârşitul.

Aşa este viaţa şi aşa este moartea. Cu toţii sfârşim la fel, indiferent cât de mult ţipăm sau cât de mult încercăm să ieşim în evidenţă, să fim utili.

Cuplul a rămas aşezat, complet pierdut în acel moment. Împărtăşind fiecare respiraţie în timp ce noaptea se desfăşura în jurul lor. Greierii ciripeau şi ţânţarii bâzâiau. Copacii gemeau, exprimându-şi indignarea faţă de vânt pentru că îi trezea prematur.

Linda îşi amintea de ziua în care l-a întâlnit prima dată pe William. In era la liceu şi ei aveau şaisprezece ani. Linda era puştoaica cea nouă, provenită dintr-o familie de militari care se mutau tot timpul. Cu toate acestea, nu a avut niciodată probleme să se integreze sau să-şi facă prieteni, pentru că era dulce şi drăguţă şi oamenii erau atraşi de ea. În prima zi în care l-a văzut pe William pe terenul de fotbal, a ştiut că el era alesul ei. El s-a uitat în direcţia ei, a zâmbit şi, ceva mai târziu, a invitat-o în oraş. Destul de repede au fost un element, iubiţi de liceu. Destinaţi să fie împreună pentru totdeauna.

William a fost singurul copil şi prima lui dragoste a fost sportul. Spera să obţină o bursă de fotbal la una dintre cele mai bune universităţi după absolvire. Când nu se antrena, juca. Nu era un erudit, departe de asta, dar admira munca exigentă şi judeca excelent caracterul. A zărit-o într-o zi pe Linda, care se chinuia să deschidă lacătul de la dulapul ei. S-a oferit să o ajute, dar s-a deschis imediat ce i-a cerut ajutorul. După acea zi, a vrut să o invite în oraş, dar nu a făcut-o până în ziua în care au schimbat priviri pe terenul de fotbal. Când ea i-a zâmbit, el a știut că ea era aleasa.

Din păcate, carierele lor i-au dus în direcții diferite. A fost un rămas bun înlăcrimat din partea amândurora. Amândoi au promis să vină acasă în fiecare weekend și să păstreze legătura în fiecare zi. La început, își trimiteau mesaje și sunau zilnic, apoi la fiecare două zile, apoi săptămânal. Totuși, era în regulă, pentru că tot veneau acasă în fiecare weekend, ca să se vadă și să fie împreună. Despărțirea și reunirea din nou i-au făcut mai puternici și mai conectați.

Apoi s-a întâmplat ceva, dar niciunul dintre ei nu știa sigur ce. Poate că erau prea ocupați, sau poate că a fi despărțiți a devenit noua normă.

Simțind nevoia de compania celuilalt, dar neputând să o aibă, au început să se vadă cu alte persoane. Au fost de acord să se vadă cu alte persoane, să testeze apele, ca să spun așa.

William s-a întâlnit o dată sau de două ori, dar indiferent pe cine vedea, nu se putea gândi decât la Linda. Se întreba ce face ea și cu cine este. Încerca să nu-i pese când oamenii vorbeau despre ea sau o vedeau la o întâlnire, dar îi păsa - o iubea - ea era totul pentru el - dar dacă ea era fericită, el era destul de bărbat să stea deoparte și să-i dea timp să-și dea seama ce știa deja.

Linda avea și ea întâlniri, era o frumusețe și era inteligentă. A încercat să-l îndepărteze pe William și gândurile la el din mintea ei. A încercat totul, a ieșit cu tipi diferiți de William, dar întotdeauna lipsea ceva. Când a auzit că el se întâlnește cu alte femei, și-a scos bărbia și a spus: „Dacă el poate, atunci pot și eu". Una dintre prietenele ei, care îl dorea în secret pe William pentru ea, a respins-o şi Linda a continuat să se vadă cu un tip care ştia că nu este pentru ea. De fapt, niciunul dintre băieţi nu-l putea egala pe William, pentru că ea îl iubea pe el şi numai pe el. Inima ei nu putea iubi pe altcineva.

Apoi s-a dus acasă, iar William era şi el acasă, şi au alergat unul la altul, aşa cum făceau actorii în filme, şi au jurat că, odată ce vor absolvi, nu se vor mai despărţi niciodată. Şi aşa s-a întâmplat.

Cincisprezece ani mai târziu, încă căsătoriţi. Încă împreună.

Chiar şi atunci când şi-au pierdut slujbele. Lucrul la aceeaşi companie avea avantajele sale, dar nu şi atunci când economia a mers prost şi a fost ultimul intrat, primul ieşit. Linda a fost prima concediată şi s-a străduit să-şi găsească un alt loc de muncă, dar, cu copilul pe drum, au decis să rămână la aceeaşi companie, William lucrând cu normă întreagă şi beneficiind de asigurare medicală completă, iar Linda rămânând acasă până când fiul lor a fost suficient de mare pentru a merge la grădiniţă (pe care compania o avea la faţa locului).

În loc să se îmbunătăţească, economia s-a înrăutăţit şi, în curând, William a devenit şi el şomer. Amândoi au acceptat slujbe ciudate, oriunde şi oricând puteau, împărţind grija pentru fiul lor, deoarece angajarea unei bone ar fi fost prea costisitoare şi aveau nevoie de fiecare bănuţ pentru a continua să plătească ipoteca.

Când nu au mai găsit de lucru, şi-au pierdut casa. Ipotecată până la capăt, la fel ca toţi prietenii lor, şi apoi au rămas fără casă. Au locuit în maşină câteva luni, până când creditorii i-au urmărit şi le-au confiscat şi maşina.

Au rămas împreună, puternici. Agățați unul de celălalt.

Când și-au pierdut fiul, totul a fost pus la încercare. Fără asigurare medicală, fără casă, fără adresă. Un virus, gripă, pneumonie și, într-o noapte, el a dispărut.

Pierderea lui aproape că i-a făcut să se prăbușească. S-au clătinat și s-au clătinat, în timp ce valurile disperării îi trăgeau în jos, iar sticlele de alcool pentru automedicație îi ridicau pentru câteva clipe, apoi îi aruncau în jos, în canalizare, și aproape îi sfâșiau. Acum, tot ce aveau erau amintirile băiatului lor și o fotografie încadrată într-o fantă de plastic în centrul unei perne pe care o purtau într-un rucsac cu haine de schimb, articole de toaletă și o rolă de hârtie igienică.

Apoi au descoperit o legătură cu fiul lor prin intermediul naturii. Au mers pe jos, din ce în ce mai sus, simțind prezența lui în raport cu cerul. Nu aveau nevoie de hrană sau, atunci când aveau nevoie, găseau ceva în natură. Făceau baie în râuri, mâncau mere și fructe de pădure. Păpădii și sparanghel sălbatic. Căpățâni de vioară și solzișori. Crețișoară și orez sălbatic nordic. Toate delicatesele pe care erau capabili să le caute și să le pregătească fără nimic la îndemână. Și apă, sorbeau roua de dimineață din frunzele copacilor și când ploua, își deschideau gurile spre cer și beau pe săturate.

Și au găsit acest loc, sus, deasupra luminilor orașului. Departe de tentații și de poluarea sonoră. Înconjurați de natură, unde puteau fi total împreună. Într-un loc unde nu trebuiau să se ascundă de durere, unde natura o absorbea pentru ei, în ei.

Unde simplitatea unei stele care coboară îi putea captiva și le putea aduce fiul înapoi într-o clipă, în moartea unei stele de noapte.

„Mai bine am dormi puțin, mâine e o zi mare", a spus William, întinzându-și brațele și căscând.

„Totuși, nu mi-ar plăcea să văd cum se termină asta."

Un iepure țopăia prin iarbă, oprindu-se din când în când să adulmece aerul. Stomacul lor gemea, dar niciunul nu era dispus să ia o viață pentru o hrană.

Linda a băgat mâna în rucsac și a scos perna. A sărutat fotografia fiului ei și William a făcut la fel.

William a mângâiat un loc pentru el și apoi un loc pentru Linda.

Linda a pufnit perna. A așezat-o pe jos și și-a sprijinit obrazul pe fotografia fiului ei. William a făcut la fel.

S-au cuibărit unul lângă altul, ca două linguri.

Cum William se afla în spate, a desfăcut cu grijă paginile de ziar, O rafală de vânt s-a oprit asupra lor, făcându-și simțită prezența. William a ținut ziarele aproape de piept, protejându-le ca și cum ar fi fost mai valoroase decât aurul.

Când aerul s-a liniștit din nou, William a acoperit-o pe Linda cu prima și a doua pagină, apoi a luat locul suprapunându-le pe a treia și a patra.

S-au cuibărit mai aproape. Cât de aproape puteau fi două ființe umane.

„Noapte bună, iubire", a spus el.

„Noapte bună, iubire", a răspuns ea.

NOTĂ *When I Heard the Learn'd Astronomer de Walt Whitman 1865

REVELAȚIA LUI MARGARET

P RIMĂVARA ERA ÎN AER. Cu toate acestea, Margaret nu reușea să iasă din depresie.

Când sentimentele o copleșeau, Margaret se îmbrățișa singură, pentru că nimeni altcineva nu se oferea să o facă. Prietenii ei spuneau că se descurcă. Ar fi trebuit să vorbească mai tare. Să ceară, nu *să ceară* ceea ce avea nevoie. I-au spus că nu ar trebui să se aștepte ca soțul ei să aibă E.S.P.

În astfel de momente, Margaret se înfășura într-o minge de blană imaginară, ca o mamă urs. Apoi se întindea și căsca, ca și cum s-ar fi trezit dintr-o lungă hibernare de iarnă.

Mai bea un pahar, spuneau ei, de parcă o beție ar face lucrurile mai bune.

Margaret tânjea după un nou început. O renaștere sezonieră, una în care să se poată reconecta din nou la esența ei.

***

La ora 5 dimineaţa, într-o suburbie din vestul oraşului Toronto, în apropierea lacului Ontario, păsările se întorseseră din vacanţa de iarnă. Câteva rămăseseră pe tot parcursul anului - pe acestea le considera prietenii ei de toate zilele. Deja dezbrăcaseră tufişul Huckleberry. Pentru a le aduce înapoi, Margaret a umplut hrănitoarele cu seminţe de floarea-soarelui cu ulei negru.

Iarna, repertoriul de voci ale păsărilor varia de la Blue Jays la Cardinale, de la Porumbei la Killdeer. Margaret aştepta în linişte în fiecare dimineaţă să le audă aducând noile zile. Refăcută în trup şi în minte, închidea ochii şi adormea din nou. Până când voci discordante o trezeau.

Era vorba de fiul ei adolescent versus soţul ei. Deşi aveau acelaşi sânge, hormonii lor se luptau pentru dominaţie şi se înfruntau, mai ales dimineaţa la prima oră.

Margaret şi Michael Lindstrom s-au căsătorit în urmă cu treisprezece ani, iar fiul lor, acum în vârstă de treisprezece ani, s-a născut nu după mult timp. Unii au spus că cei doi *trebuiau* să se căsătorească, dar nu era treaba lor.

Se cunoscuseră la o întâlnire oarbă şi se înţeleseseră imediat. Michael era director în industria transporturilor. Margaret avea două locuri de muncă în timp ce urma cursurile unei facultăţi în vederea obţinerii unei diplome de licenţă în design grafic.

Michael lucra multe ore. Cu Margaret studiind şi având două slujbe, cuplul nu se vedea prea des. Dar când se vedeau, ieşeau scântei. Dragostea era în aer. Străini au venit la ei, comentând cât de îndrăgostiți arătau, iar soarele strălucea mereu când se plimbau ținându-se de mână.

Prietenele lui Margaret erau geloase că avea un iubit stabil și îngrijorate. Cu programul lor de lucru încărcat, abia aveau timp pentru o aventură, darămite pentru o relație în toată regula cu un bărbat mai în vârstă.

„Doar distrează-te fără așteptări", a sfătuit Annabelle, deși ea însăși, pentru a evita complicațiile, avea o politică a ușilor deschise care îi permitea să își schimbe partenerul la prima ocazie.

„Dar îmi place de el. Adică îmi place *cu adevărat*", a răspuns Margaret.

„Dacă este menit să fie, poate aștepta până după ce termini facultatea", a spus Lizzy, care a intrat în jocul universitar pe termen lung. Urma o diplomă de licență în astrofizică, apoi trecea la un masterat în științe și încă se hotăra ce diplomă să studieze după absolvire. „Este bătrân, dar nu antic și este puțin probabil să o ia razna prea curând."

Este bun, blând și grijuliu. În plus, m-a invitat la un concert de lucru pentru a-i cunoaște colegii. A spus că vrea să mă pună în valoare." Ea a zâmbit.

„Ai deja destule pe cap cu două slujbe și cu obținerea diplomei", a oferit Annabelle. „Ca să nu mai spun că ești mult prea tânără pentru a te lăsa legată. Doar dacă voi doi nu sunteți interesați de asta." Ea a râs și a ciocnit paharele cu Lizzy.

„Aș putea spune nu, cred", a spus Margaret, adăugând mai mult vin în paharul ei.

„Ceea ce nu vrei să faci", a spus Lizzy. „Eu zic să mergi. Fă cunoştinţă cu toţi oamenii plictisitori cu care lucrează în fiecare zi. Cu siguranţă te va vindeca de orice iluzie pe care o ai despre el - dacă nimic altceva nu o va face."

Margaret a suspinat şi s-a întors la studiile ei. Nu era chiar atât de bătrân şi nu se purta ca atare. O diferenţă de şapte ani nu era nimic în zilele noastre.

Mai târziu, a ieşit la cină cu Michael, unde s-a întâlnit cu câţiva dintre colegii lui de muncă. Ea era mai aproape de vârsta lor decât Michael, dar el se înţelegea cu toată lumea şi, surprinzător, ea se simţea bine. I-a plăcut când Michael a prezentat-o ca fiind prietena lui. După ce a spus-o, el s-a uitat la ea ca şi cum s-ar fi aşteptat să o contrazică, în schimb ea l-a luat de mână. Îi plăcea foarte mult să facă parte din viaţa lui.

Nu mult după concertul de la serviciu, Michael a invitat-o pe Margaret să i se alăture într-o călătorie de afaceri în afara oraşului. Ea a refuzat, dar apoi tentaţia de a vizita Seattle, Washington, a făcut-o să-şi pună la îndoială decizia. La urma urmei, încă mai putea studia şi o pauză de la rutina zilnică ar fi binevenită. Dacă pleacă, atunci când se întoarce, se va ocupa cu adevărat de cărţi.

„Toate cheltuielile sunt plătite", a forţat Michael. „Voi fi plecat în timpul zilei... vei avea destul timp să înveţi - la piscină - în jacuzzi."

Ea a dat din cap că nu, dar el putea spune că slăbea.

„Şi vom zbura la Business Class."

Ei bine, asta a făcut-o. Şi-a făcut bagajul şi au plecat la Seattle unde, ziua, studia. Noaptea au urmărit meciul echipei Mariners într-o seară, iar în alta au mers la Tractor Tavern Rock Club. L-au auzit pe Bill Clinton ținând o conferință la Seattle Centre. Au urcat pe Space Needle, au admirat grădina Chihuly și au mers la Muzeul Culturii Pop. Era ca și cum ar fi fost în luna de miere; dragostea era în aer și l-au conceput pe Tommy.

Margaret și Michael nu vorbiseră despre copii. Margaret nu știa cum să abordeze subiectul. S-a gândit să avorteze, dar nu era în stare să rănească pe cineva care nu a ales să se nască. L-a invitat pe Michael la cină și a abordat subiectul.

„Vreau o familie, mulți copii", a spus el.

Ea a zâmbit.

„Totuși, nu mă văd genul care să se căsătorească", a făcut el o pauză. „Totuși, dacă ar fi un copil implicat, m-aș gândi să mă căsătoresc. Toți copiii merită cel mai bun început posibil."

„Cred că sunt însărcinată", a spus ea.

El a tăcut la început, apoi a sărit în sus și a îmbrățișat-o. A spus că trebuie să știe sigur. Ea și-a făcut o programare la medic. Când el i-a confirmat ceea ce ea știa deja, s-au strâns unul de altul plângând ca niște idioți. Chiar și acum, când se gândea la acea zi, trebuia să își stăpânească lacrimile.

A renunțat la facultate când grețurile matinale au pus stăpânire pe viața ei. Cursurile pierdute păreau să se acumuleze. Când a devenit clar că va trebui să repete întregul an, Margaret și-a luat un an sabatic și s-a concentrat pe viitor. Erau multe de făcut înainte de sosirea copilului. Și-au vândut apartamentul. Au cumpărat o casă în suburbii și au avut o nuntă rapidă la Oficiul de Înregistrare pentru a face totul oficial.

Viitoarea mamă și-a petrecut zilele făcându-și casa confortabilă. Când au aflat că vor avea un băiat, Margaret s-a apucat cu toată viteza să creeze o cameră de copil minunată. Au ales o temă sportivă, baseball, hochei, baschet. Chiar și fotbal. Toate activități sportive pe care ea și Michael le urmăreau cu plăcere la televizorul lor cu ecran plat.

Când Michael era la muncă, uneori Margaret pregătea o tavă cu alimente precum înghețată, țelină, ciuperci și salsa. Apoi se așeza în fața televizorului, punea muzică liniștitoare pentru copil și îi citea. Margaret nu mai știa de câte ori îi citise micuțului *Ce să te aștepți când aștepți* un copil. Pentru ea, era ca o biblie a copilului, iar împărtășirea cunoștințelor le întărea și mai mult legătura.

Într-o după-amiază însorită, a mers la librăria locală second-hand cu o listă a cărților preferate pe care le iubise când era mică. Uitase să îl întrebe pe Mark care erau cărțile lui preferate, dar el nu a fost niciodată un cititor înrăit. A fost nevoie de două drumuri pentru a aduce toate cărțile în casă. S-a așezat pe fotoliu, cu cutiile de cărți în fața ei. Nu-i venea să creadă că le găsise pe toate! Chiar și Pokey Little Puppy, care fusese prima carte pe care învățase să o citească singură. Oh, și a răsfoit exemplare din Charlotte's Web, Anne of Green Gables, Curious George, The Bobbsey Twins, Heidi, și întreaga serie Harry Potter. Mark a râs și a spus că mai bine ar investi într-un raft de cărți. A făcut mai mult decât atât, a construit el însuși una, spunând că nu va exista niciun fel de mobilă din aia mumbo jumbo în dormitorul fiului său.

Destul de curând, Tommy a sosit și era cea mai frumoasă operă de artă pe care o văzuse vreodată. Uneori nu-i venea să creadă că ea şi Michael îl creaseră. Inima ei creştea, nu ştia că ar putea iubi pe cineva mai mult decât îl iubea pe Michael: şi îl iubea foarte mult.

Michael dorea să mai aibă un copil imediat, dar o a doua sarcină nu era în cărţi. Naşterea lui Tommy fusese dificilă, iar medicul i-a sfătuit să nu încerce din nou. Michael a fost de acord că nu merita riscul şi a fost de acord cu asta, sau cel puţin aşa a spus el. Margaret nu l-a crezut, deşi el fusese întotdeauna sincer în trecut.

Zgomotele puternice de la parter au izbucnit din nou, scoţând-o pe Margaret din mintea ei şi readucând-o la realitate. Tommy a strigat primul, trântind un dulap, apoi Michael l-a certat şi lucrurile au degenerat rapid. Se certau pe cele mai ridicole subiecte. Nici unul dintre ei nu era matinală... nici ea nu era.

O simplă dimineaţă de pace şi linişte era tot ce avea nevoie pentru a se repune pe picioare.

Margaret s-a gândit să se ridice, apoi a respins ideea. Va aştepta până când îi vor cere ajutorul. Inevitabil, aveau *să o facă.*

Tommy şi-a vârât capul în camera ei. În loc să vorbească mai încet, a strigat: „Dormi, mamă?" Aştepta o secundă sau două ca ea să se agite.

„Da", răspundea ea de fiecare dată, frecându-şi ochii obosiţi, chiar dacă era imposibil să doarmă în timpul zgomotului.

Acum că avea atenţia ei, el striga: „Nu-mi găsesc tricoul sport, mamă".

Ea zâmbea pentru că întotdeauna le punea exact în acelaşi loc, dar de data aceasta nu a menţionat nimic. Care era rostul? „Sunt în dulapul tău, dragă."

„Sunt aşa de, NU!", a spus el, urmat de o călcâială, o retragere şi o uşă trântită.

Ea a început să numere un Mississippi, două Mississippi, trei Mississippi.

„L-am găsit! Mulţumesc, mamă! A fost chiar aici tot timpul."

Margaret se aşeza din nou sub pătură şi adormea din nou. Până când soţul ei, Michael, se întorcea în camera lor. El urma un regim strict. Mai întâi era la toaletă, apoi se spăla pe mâini, se spăla pe dinţi, folosea aţa dentară, se curăţa limba cu sunete intermitente şi foarte audibile (care deseori o făceau să-şi acopere urechile cu perna.) Urmau un duş de cincisprezece minute, bărbieritul, încă o spălare a dinţilor, uscarea părului, aranjarea, apa de colonie. Totul cronometrat la secundă.

Când termina, deschidea uşa larg şi aburii fierbinţi ieşeau înainte ca el să intre în cameră. Ea îl privea cum traversează podeaua de parcă ar fi urmărit o fantomă fugară. Mirosul apei lui de colonie şi aburul cald o făceau să adoarmă şi în curând avea să adoarmă din nou.

„Margaret, ai văzut o butonieră rătăcită?"

Ea îşi ridica capul, „Nu în ultima vreme", răspundea ea în timp ce el răsfoia sertarul de sus fără să-l închidă până la capăt. Apoi deschidea sertarul din mijloc, lăsându-l parţial deschis. În cele din urmă, trăgea sertarul de jos până la capăt. Dulapul semăna cu o scară, dar era un pericol, deoarece se putea răsturna uşor în orice moment. Şi l-a imaginat pe Tommy trecând pe lângă ea şi întregul dulap de sertare căzând peste el. Groaza de ceea ce se putea întâmpla o sfâşia până în măduva oaselor. Dacă ar fi trebuit să-l scoată de dedesubt... ar fi avut ea puterea? Dacă... A sărit din pat și a închis fiecare sertar.

„Aveam de gând să o fac", a spus Michael în timp ce trântea ușa în urma lui la ieșire.

Cum ea era deja trează, se sprijinea de spatele ușii închise până când de la parter Tommy striga: „Mamă, nu-mi găsesc prânzul!"

„E în cutia ta de prânz, pe al doilea raft, în partea dreaptă a frigiderului."

„Nu, nu este", a răspuns el.

„Vin", a spus ea în timp ce apuca mânerul ușii, dar înainte ca ea să aibă timp să o deschidă, el a strigat: "Oh, acum o văd! Mulțumesc, mamă."

Întorcându-se în camera ei, mormăi *cu plăcere*, în timp ce golul negru de sub pat îi făcea semn. Putea să se strecoare chiar acolo, fără nimic care să-i țină companie, în afară de iepurașii de praf. Acolo, își va crea propria superputere - un scut protector de întuneric care respinge vocile puternice și furioase.

Vocile care se apropiau au luat decizia pentru ea și s-a strecurat în spațiul întunecat. În mediul confortabil, respirația și bătăile inimii i-au încetinit. A închis ochii, s-a aplatizat, apoi, ridicându-și mâna, a tras plapuma până la podea și a târât-o pe sub și peste tot corpul ei, ca și cum ar fi construit un fort.

Michael s-a întors în camera lor. „Dragă?", a spus el.

Tommy s-a oprit la ușă: „Poate e în baie?"

Michael a verificat, apoi s-a uitat la pat.

„Nu e din nou acolo, nu-i așa?" a șoptit Tommy.

„Să vedem", l-a auzit pe Michael răspunzând.

Cei doi au coborât la pământ şi s-au uitat în întuneric. Au văzut ceva mişcare sub pătură. Michael s-a uitat la fiul său, apoi şi-a dus degetul la buze. Acesta a dat din cap, bucuros să-şi lase tatăl să vorbească primul.

„Dragă", a spus Michael, cu o voce liniştitoare, "te superi dacă îmi duci pantalonii şi cămăşile la curăţătorie?" A deschis gura, apoi a închis-o din nou.

Bietei Margaret nu-i venea să creadă că îi dădea o listă de lucruri de făcut şi îi vorbea de parcă s-ar fi ascuns sub pat în fiecare zi din viaţa ei. O enerva de moarte.

Fără să înţeleagă aluzia, el a continuat: „Oh, şi am uitat să te întreb în weekend, uh, dacă sunt de acord să invit câţiva prieteni la mine. În seara asta. Pentru o mică petrecere. O petrecere de opt persoane, inclusiv noi. Scuze că te-am anunţat din nou atât de repede. Am vrut să te întreb în weekend."

Tommy a făcut o mişcare pentru a se alătura mamei sale în coconul ei solitar. În loc de asta, ea a ieşit. Îndreptându-se, a şters praful de pe ea. Ei se uitau la ea, dar nu spuneau nimic. „Voi doi mergeţi jos, acum", a spus ea ţinând încă plapuma caldă.

Michael se uită la ceas.

„Sunt bine, perfect bine. Vin într-un minut, te rog." Ea a pus plapuma înapoi pe pat.

„Bine", au răspuns ei, plecând.

Când au plecat, ea s-a întins peste pat. A oprit pătura electrică de pe partea soţului ei. În timp ce îşi punea halatul de casă şi papucii, şi-a imaginat că a uitat să închidă pătura lui. Ar fi ars casa? Probabil că da. Şi ar fi fost vina ei. Totul era întotdeauna din vina ei.

Și-a închis halatul de casă, apoi și-a aranjat părul în oglindă. Trebuia să vorbească cu Michael despre cină. Opt persoane. În seara asta. Cel puțin nu era atât de rău ca data trecută, când fuseseră doisprezece, sau ca data trecută, când fuseseră optsprezece. Totuși, îl rugase de atâtea ori în alte ocazii ca aceasta să o anunțe mai din timp. Ultima dată când terminase totul - ei bine, aproape totul - nu avusese timp să își dea cu lac pe unghii. Michael i-a atras atenția asupra acestui lucru în mod stânjenitor în fața invitaților și chiar și fiul lor a avut suficientă inteligență emoțională pentru a schimba subiectul înainte ca ea să izbucnească în lacrimi.

Pe hol, papucii ei de iepuraș făceau scântei în timp ce mergea, provocându-i șocuri în timp ce ridica șosete, lenjerie intimă și o butonieră pe drum. Bucăți și bucăți lăsate pentru ea ca o urmă care să o conducă la parter, unde o așteptau ei.

Acum, la parter, se afla în holul care ducea spre camera de zi. Când a pășit înăuntru, l-a văzut și l-a auzit pe soțul ei ronțăind pâine prăjită în timp ce ținea o ceașcă de ceai cu degetul mic ridicat. Alături de el era Tommy, care mânca Rice Crisps și îi lipsea gura. Picăturile de lapte și resturile de cereale se adunau între picioarele lui, scoțând sunete pițigăiate când loveau covorul.

Și-a notat mental să arunce covorul în uscător după ce au plecat, ușurată că țesătura de pe podea absorbea lichidul în loc să păteze ceea ce credea ea că este ultimul tricou curat al fiului ei. A adăugat o a doua notă mentală pentru a-i comanda niște cămăși noi - creștea atât de repede; era greu să ții pasul cu sporurile de creștere.

„Bună dimineața", a spus Margaret exact când Fred Flintstone a strigat: *Wilma!*

Familia ei îi recunoscu prezenţa aruncând o privire în direcţia ei, apoi izbucniră împreună în râs în timp ce Barney şi Fred îşi continuau farsele obişnuite. Cel puţin se înţelegeau bine. The Flintstones era un lucru asupra căruia erau amândoi de acord.

Când a fost o pauză publicitară, ea a spus: „În legătură cu această petrecere, Michael." El a dat mai încet volumul la televizor. Tommy a protestat, apoi şi-a terminat de mâncat cerealele.

„Îmi pare rău pentru asta din nou", a spus soţul ei. „Vorbeam cu şeful meu în weekend, la meciul de golf. Nu ştiu sigur cum a ajuns aici, dar următorul lucru pe care l-am ştiut a fost că am găzduit nenorocitul de eveniment. Nu trebuie să fie cravată neagră sau ceva sofisticat. Trei feluri de mâncare, plus desert ar trebui să fie de ajuns."

„Cine sunt invitaţii noştri? Ce fel de mâncare le place? Vreo alergie? Vreun vegetarian?" Ea a făcut o pauză. „De ce nu aprindem grătarul?"

„Nu, ideea cu grătarul este grozavă pentru un weekend împreună, dar asta este motivată de afaceri."

Ea a suspinat.

El a continuat: „Şeful meu şi soţia lui, Jim şi Dave de la marketing, Lucy şi soţul ei William de la juridic. Cred că Lucy ar putea fi vegetariană sau vegană. Lance de la finanţe şi soţia lui - nu am mai întâlnit-o până acum. Este nou în echipa noastră." S-a uitat la ceas şi a sărit.

Margaret l-a prins de mânecă. A introdus butoniţa lipsă, apoi s-a aşezat direct în faţa soţului ei, în speranţa de a primi un sărut.

Michael a ezitat o secundă înainte de a-i da lui Margaret ceea ce unii ar putea califica drept un sărut - ea nu. A fost mai degrabă un pupic - administrat pe fugă - în timp ce trecea pe lângă el. Buzele cuplului abia se atinseseră.

Înainte ca Margaret să poată scoate un cuvânt, Mark a trântit uşa în urma lui.

Ea şi-a înfăşurat din nou braţele în jurul ei. Pentru o secundă sau două, a părut că Tommy avea de gând să o îmbrăţişeze. Ea şi-a deschis braţele, iar el, la rândul lui, şi-a întins braţul în direcţia ei, cu palma deschisă în sus. Ea şi-a încrucişat braţele, în timp ce el trecea direct la „Sales Pitch 101".

„Vezi tu mamă, astăzi este Ziua Burger - doi la preţ de unul - şi am nevoie de bani. Banii sunt pentru caritate şi mi-am cheltuit deja toţi banii de buzunar săptămâna asta."

„Cum rămâne cu prânzul pe care l-am făcut?"

„Nicio problemă, îl voi mânca la pauză."

Margaret l-a bătut pe cap şi apoi s-a dus în bucătărie, unde poşeta ei era agăţată în cârlig. Când a ajuns înăuntru, s-a uitat la starea bucătăriei ei. Ce mizerie! Şi trebuia să pună totul la punct pentru cina din această seară. Nicio problemă!

Avea doar o bancnotă de zece dolari, pe care a pus-o în mâna lui care încă aştepta. „Adu-mi restul", spuse ea în timp ce el ieşea din casă trântind uşa cu putere.

În sufragerie, *The Flintstones* încheiau cu „You'll have a gay old time!" Margaret fredona în timp ce îşi arunca covorul pe umăr, strângea ceaşca şi farfurioara murdare, paharul şi bolul.

Ajunsă în bucătărie, a pus covorul în maşina de spălat, vesela pentru micul dejun în maşina de spălat vase, apoi şi-a turnat o ceaşcă de ceai din oala călduţă. S-a întors în camera de zi, care era mai puţin dezordonată. S-a uitat pe canale şi a dat peste Judge Judy. Nu se putu abţine să nu o admire pe femeia aceea, care avea un control total asupra tuturor şi asupra tuturor lucrurilor din sala ei de judecată.

Prietenii ei i-au spus că ar trebui să se trezească înaintea familiei sale, pentru a reduce la minimum haosul şi dezordinea. Atunci ea ar fi fost la cârma situaţiei. Alţii spuneau că ar trebui să-şi ia o slujbă şi să plece de acasă înaintea lor, astfel încât ei să fie nevoiţi să înveţe să se descurce singuri. Totuşi, era atât de obosită, atât de neasemuită în aceste zile, ca să nu mai spun că nu mai lucrase de dinainte de naşterea fiului ei. Cine ar angaja-o acum?

Margaret devenise din ce în ce mai nemulţumită de soarta ei, pe măsură ce îşi dădea viaţa pentru nevoile celor pe care îi iubea. Îi displăcea că dăruia mereu, deşi era alegerea ei să facă asta. Apoi se urca în trenul vinovăţiei şi al autocompătimirii. Toate mamele au trecut prin acelaşi lucru? Acest gol? Această împingere şi tragere în interiorul ei, creând un gol. Acest gol interior, căruia îi permitea să se mişte ca o furtună de vară şi să plouă peste tot în viaţa ei. Ea era un uragan care aştepta să se întâmple, iar astăzi era ziua de care se temea.

A făcut duş şi s-a îmbrăcat, fără să se oprească pentru micul dejun, dar având timp să arunce covorul în uscător, şi cu o dorinţă arzătoare de a ieşi. Departe. Oriunde, departe.

Margaret şi-a îndreptat maşina în direcţia mall-ului şi a condus. A parcat. În drum spre interior, un tânăr păstorea cărucioare. Cu ajutorul vântului, câteva erau destinate unei evadări iminente. S-a gândit să spună ceva pentru a uşura povara bărbatului, în schimb i-a zâmbit. În sinea lui, el a făcut-o căţea.

Gospodina l-a ignorat şi s-a grăbit să intre. Nu a putut să nu se întrebe de ce gestul ei empatic nu s-a soldat decât cu abuzuri. *Nu contează*, s-a gândit ea, mutându-şi atenţia asupra problemei în cauză: pregătirile pentru cină. Dar, mai întâi, ce avea de gând să poarte? Ar trebui să-şi cumpere o ţinută nouă? Cumpărăturile au ajutat-o să-şi ridice moralul în trecut. Poate că ar fi de ajuns şi astăzi?

Margaret şi-a croit drum de-a lungul coridorului de modă, găsind un manechin într-o vitrină care purta un costum elegant care i-a plăcut. S-a aventurat înăuntru, unde oglinzile de pretutindeni o asaltau. S-a retras.

Pe scara rulantă, a observat un salon de coafură şi unghii. S-a uitat la unghiile ei. Prefera să şi le facă singură acasă, după ce ştia cu ce se va îmbrăca - îşi făcea timp. Dar părul ei era o altă problemă.

Stătea în faţa salonului, privind stiliştii care se mişcau, fiind ocupaţi. Părea să fie o zi liniştită în salon, din moment ce un singur scaun era ocupat. Se gândi să intre, să vorbească cu cineva, dar se hotărî să nu o facă, uitându-se la telefon. Timpul trecea, iar ea avea deja prea multe de făcut.

Un semn cu neon intermitent i-a atras atenţia. Pe el scria:

Călătoreşte spre destinaţia visurilor tale. Vânzare doar astăzi!

Nu mai era Margaret, era Margarita în Cuba. Și-a imaginat-o în Cuba interpretând rhumba. Apoi era în Australia, dansând în Outback. Nici vorbă! Era mult prea departe.

Un tânăr de aproape jumătate din vârsta ei a observat-o. „Vin imediat la tine", a spus el. S-a întors la conversația sa la telefon.

Ea s-a aventurat înăuntru și a stat stânjenită lângă recepție. A ascultat vocea calmă a tânărului. Uneori, el îi recunoștea prezența cu un zâmbet. După câteva momente, el s-a oprit din vorbit și a pus mâna peste telefon.

„Servește-te cu o ceașcă de cafea sau apă cât aștepți. Nu voi întârzia mult. Oh și nu ezitați să răsfoiți broșurile și revistele. Vin imediat după tine."

Margaret și-a turnat o ceașcă de cafea fierbinte, apoi a adăugat frișcă și o bucată de zahăr. A aruncat o privire în direcția tânărului de la telefon când a observat o cutie de biscuiți. Ca și cum i-ar fi cerut permisiunea.

El a pus din nou mâna pe receptor: „Oh, da, servește-te cu un biscuit sau doi. Ești binevenit."

„Mulțumesc", a șoptit ea, luând un biscuit. Era raiul ciocolatei.

În timp ce aștepta, a răsfoit câteva reviste. Prima era despre Elveția. Acum era Maggie și se pregătea să schieze la Zermatt, cu un instructor de schi înalt, blond și chipeș, pe nume Sven, care o ajuta cu schiurile. Acum au terminat de schiat și el îi oferea o ceașcă fierbinte de cacao. Ea a leșinat și s-a întins după ea, apoi a clipit.

A luat o altă broșură despre Hawaii, imaginându-și că se află pe plaja din Waikiki, făcând hula cu George Clooney. Apoi s-a uitat în jos, realizând că purta un bikini și a țipat.

Margaret a revenit brusc la realitate, aruncând o privire în direcţia tânărului care vorbea încă la telefon. El nu observase izbucnirea ei. Uau. A mai luat o muşcătură din biscuitele cu ciocolată. Purtarea unui bikini sau a oricărui alt tip de costum de baie ieşea din discuţie.

Pe perete, a zărit un poster care anunţa o excursie în Marea Britanie. Beefeaters. Purtând pălăriile alea înalte şi nebuneşti. Acum era Cathy, căutându-l pe Heathcliff în Yorkshire Moors. Era o zi foarte rece şi vântoasă, dar se plimbau şi se bucurau de aerul proaspăt...

„Pot să vă ajut?", a întrebat tânărul.

Heathcliff a dispărut. „Uh, doar visez", a răspuns Margaret cu obrajii înroşiţi.

Tânărul a făcut clic pe tastatură, uitându-se la ecran. A întors computerul spre ea. „Acestea sunt ofertele de ultimă oră de astăzi, valabile doar o zi. Tocmai au sosit!"

Intrigată, ea s-a apropiat.

„Dacă te interesează Anglia, nu vei mai găsi un astfel de preţ."

„Întotdeauna mi-am dorit să vizitez Anglia".

„Acest preţ", a spus tânărul, "include o maşină închiriată şi o combinaţie de hoteluri şi B&B-uri. Ai putea călători, apoi să alegi unde vrei să te opreşti şi să stai."

„Nu ştiu cum să conduc acolo, nu se circulă pe partea cealaltă?"

„E adevărat, dar o să te obişnuieşti imediat."

***

Margaret s-a întors acasă și a plasat o comandă la pachet. A ales o varietate de feluri de mâncare din meniu pentru a satisface orice nevoie. A pus Chardonnay-ul, Rose-ul și berea în frigider. Cele patru sticle de vin roșu le-a pus în raftul pentru vinuri.

Și-a legat un șorț în jurul taliei, apoi s-a apucat să dea cu aspiratorul și să șteargă praful. A repoziționat covorul curat din camera de zi. Când totul a fost perfect, a așezat masa cu locuri pentru șapte persoane la masă. Michael nu ar fi vrut să riște ca Tommy să facă o scenă. Nu în fața șefului său și a colegilor de serviciu. Ea a pregătit o tavă și a așezat-o pe tejghea pentru ca el să o poată lua în camera lui.

Margaret se duse în camera ei și își făcu o valiză și o geantă de mână. A comandat un Uber care să o lase la aeroport.

Trei ore mai târziu, s-a îmbarcat într-un avion și în curând a zburat spre Regatul Unit.

În timp ce se uita pe fereastră, pentru o fracțiune de secundă, a fost cuprinsă de un sentiment de vinovăție. S-a luptat cu ea.

Lăsase un bilet pe frigider care spunea că pleacă.

Margaret omisese să menționeze unde pleacă sau când se întoarce.

Nici că cumpărase un bilet dus. Se vor descurca.

UMBRELA ȘI VÂNTUL

Era vineri 13 și vântul bătea cu putere. Lucruri care nu erau menite să zboare săreau și ricoșau. Peste și peste. Făceau salturi peste tot în jurul meu.

Într-o astfel de zi, unii pensionari ar fi putut rămâne în pat, dar eu nu. De ce să mă aventurez afară, într-o zi atât de îngrozitoarc? Din acest motiv și numai din acest motiv - aveam nevoie de o ceașcă de cafea tare.

Prin urmare, m-am jucat de-a ratatul, m-am ferit și m-am scufundat ca să ies din casă și să mă urc în mașină. Apoi m-am îndreptat spre cel mai apropiat drive-through. Nu am fost singura destul de curajoasă să mă aventurez în necunoscut pentru a-mi vindeca dependența de cafeină.

Coada mergea înainte, înainta. Am comandat un Extra Strong Vanilla Latte, apoi m-am târât cu mașina spre ghișeu pentru a plăti. Am întins mâna după portofel și am descoperit că îl lăsasem acasă.

Doamna de la ghişeu a întins mâna şi a tras-o înapoi pentru a evita o creangă mică care a atins geamul meu şi apoi a ricoşat în al ei.

„Rest", am spus, în timp ce femeia întindea din nou mâna. Eu încă scotoceam prin torpedou şi prin fantele pentru pahare. După ce am numărat, aveam şaptezeci şi opt de cenţi. Sub scaunul meu mai era un dolar. Am continuat să caut, în timp ce maşinile din spatele meu aşteptau şi tipul aflat direct în spatele meu claxona, iar ceilalţi îl urmau.

„E suficient", a spus femeia, în timp ce lua monedele şi îmi înmâna cafeaua.

I-am zâmbit cu cel mai mare zâmbet al meu şi i-am spus: „Mulţumesc", am închis geamul şi am demarat, mereu recunoscătoare. Cafeaua mirosea a rai, dar am amânat să iau o înghiţitură până la primul semafor roşu.

În timp ce aşteptam, sorbind, savurând, o umbrelă neomenească mi-a crăpat parbrizul cu mânerul ei de lemn înainte de a ricoşa şi de a se odihni pe creanga unui copac din apropiere.

Nici măcar nu mi-am dat seama că java mă ardea până când nu s-a schimbat semaforul. Am tras pe dreapta în siguranţă şi am coborât din maşină. Nimic nu se compară cu cafeaua fierbinte care îţi curge pe picior până în şosete şi pantofi. Mi-am scuturat piciorul, ca un câine care a făcut baie recent.

Am văzut-o venind, dar era prea târziu.

Umbrela aia nenorocită. Din nou.

***

M-am trezit, încă în parcare, cu mânerul de lemn al umbrelei înfășurat în jurul gâtului. Căzusem greu, dar reușisem să mă agăț de portiera mașinii în timp ce coboram, ceea ce era un lucru bun într-un fel și rău în altul, deoarece îmi ascundea situația.

Betonul de sub mine era rece și spongios. Am încercat să mă ridic și vântul a prins umbrela, continuându-și călătoria ca o buruiană rătăcită.

Nu eram încă în picioare, dar m-am aruncat în sus, împingându-mi greutatea împotriva ușii mașinii. Clicul brusc al încuietorii ușii nu a fost de bun augur pentru mine — lăsasem cheile în contact. Mi-am căutat telefonul, realizând rapid că era acasă, în geantă.

M-am sprijinit de mașină cu brațele încrucișate în speranța de a atrage un bun samaritean.

În depărtare, am zărit umbrela care își făcea drum în altă parte. Oops. Un vehicul care venea din sens opus încercând să evite dervișul rotitor s-a izbit de partea din spate a unei alte mașini. Cineva ar fi sunat la poliție acum. Le-aș fi făcut semn să mă ajute și pe mine. Toate bune.

În scurt timp, blestemata de umbrelă a pornit din nou, gonind cu viteză maximă în direcția mea. Eram eu un magnet pentru umbrele? De data asta a zburat foarte sus, învârtindu-se. Era un lucru de toată frumusețea în depărtare. Se deschidea spre cer în toată negura lui. Era hipnotizant, atât de sus a urcat, și știți vechea zicală, „Ce urcă urcă", ei bine, se dovedea a fi adevărată în timp ce chestia aia nenorocită se prăbușea la pământ cu potențialul de a mă doborî pentru totdeauna. Ca și motto-ul cercetașilor, am fost pregătit şi, în loc să aştept să se lovească de capul meu, m-am întins şi am apucat-o de mâner.

M-am ţinut bine, sperând să nu fiu eu însumi Mary Poppins. Picioarele mele au părăsit pământul, dar doar pentru o secundă sau două înainte de a auzi sirenele şi pantofii lovindu-se de pavaj.

O femeie tânără şi-a pus mâna peste a mea pe mâner. Ne-am stabilizat, în timp ce mai multe paşi păşeau pe străzi, în timp ce proprietarul său a apăsat pe buton şi a închis baldachinul pliabil.

***

După această dimineaţă ciudată, m-am dus acasă şi mi-am pus picioarele în picioare, refuzând să mă mişc până când vântul s-a potolit. M-am ţinut de plan până când fiul meu m-a rugat să-l iau puţin după ora 7:30 de la prietenul său din cealaltă parte a oraşului. Părinţii trebuiau să îl aducă acasă, dar erau şoferi nervoşi, de unde şi chemarea mea.

Crăpătura în formă de ochi de taur de pe parbriz îmi reamintea constant cum a decurs ziua mea până acum. Încă aşteptam veşti de la compania mea de asigurări cu privire la franşiză. Investigau varianta „act de divinitate".

Am contactat poliţia, care mi-a spus că va verifica existenţa umbrelei, dar nu şi faptul că aceasta a avut legătură cu parbrizul meu. Când m-au văzut, mă ţineam de ea.

Simţindu-mă extrem de supărat pe persoana care nu reuşise să ţină în mână baldachinul de pânză, am avut jumătate de gând să scriu consiliului pentru a solicita o poliţă de licenţă pentru umbrelă. Apoi i-aş fi putut face să-mi plătească franşiza sau, şi mai bine, să-i dau în judecată.

Am pornit mașina și am ieșit cu spatele de pe alee, conștient de obiectele zburătoare, când o sticlă verde mi-a atras atenția. Se învârtea și se învârtea în cerc, ca niște oameni imaginari care jucau jocul Spin the Bottle. Nu se desprindea de sol în cea mai mare parte a timpului și arăta ca o navă spațială verde alungită în timp ce decola, se ridica din ce în ce mai sus, apoi se prăbușea, se învârtea și se ridica din nou. Am continuat, întâmplător în aceeași direcție în care se îndrepta sticla.

Când am văzut un bărbat și o femeie care mergeau unul spre celălalt în timp ce sticla se rostogolea periculos, am deschis fereastra și i-am strigat. Când nu au reacționat, am claxonat. Sticla, aflată acum la înălțime, a început să cadă liber spre ei.

Sticla a căzut, lovind capul femeii cu toată forța. Recipientul verde a ricoșat apoi și a lovit capul bărbatului. Obiectul verde indiferent s-a ridicat și a căzut de mai multe ori înainte de a se opri de trunchiul unui copac.

Am pornit blițurile de semnalizare în patru direcții și am oprit motorul înainte de a ieși din nou din siguranța mașinii mele în vântul periculos.

Atât bărbatul, cât și femeia erau conștienți, însă nu se mișcau sau nu încercau să se ridice. I-am luat pulsul femeii, apoi al bărbatului și am evaluat situația, amintindu-mi de pregătirea mea de prim ajutor de acum mulți ani. Am sunat la 911. Dispecerul a pus câteva întrebări, dar pocnetul din spatele nostru i-a făcut pe oameni să se ridice

Am privit cum vântul continua să bubuie, trimițând sticla în aer. Maiestuoasa salcie plângătoare s-a aplecat să o recupereze, dar prea târziu. Vântul i-a rupt trunchiul gros în două şi când copacul a lovit solul reverberaţiile au zguduit pământul de sub noi.

„Haideţi!" Am strigat.

Cu vântul tăindu-ne călcâiele, am luat-o la fugă.

***

După ce am ajuns în sanctuarul maşinii mele şi ne-am pus centura de siguranţă, am pornit-o. Cum sticla nu mai era la vedere, am plecat să îl luăm pe fiul meu.

După câteva momente de recăpătare a respiraţiei, ne-am prezentat.

Brent Welch era un bărbat înalt şi foarte chipeş, cu păr negru şi ochi albaştri. Avea o gropiţă pe bărbie ca Cary Grant. Era partener la o firmă de avocatură locală, vorbea foarte bine, avea maniere vizibil frumoase şi era singur.

Eileen Manny, de asemenea singură, avea părul lung şi blond şi se machia prea mult. Era o reprezentantă a cosmeticelor rezervată şi cu o vorbă blândă, aşa că „faţa ei era paleta ei".

M-am prezentat. „Numele meu este Alice Mitchell. Sunt văduvă de curând şi profesoară de liceu pensionată".

Acum că făceam cunoştinţă, mi-au mulţumit pentru că le-am salvat. Apoi m-au întrebat despre crăpătura din parbriz chiar în momentul în care Jasper s-a urcat în maşină şi şi-a pus centura de siguranţă.

După prezentări, am continuat să spun povestea umbrelei. Pasagerii mei au hohotit de râs.

„Ce este atât de amuzant?" i-am întrebat.

„Nu i s-ar fi putut întâmpla altcuiva", a răspuns Jasper.

Am pornit spre casă, lăsându-i pe Mark și Eileen pe drum.

Când, în sfârșit, am ajuns acasă, mi-am dat seama că mai erau încă două ore din această vineri 13 mai mult decât plină de evenimente. M-am urcat în pat, mi-am tras pătura pe cap și am încercat să dorm.

Habar nu aveam ce avea să urmeze.

***

În dimineața următoare, sâmbătă[14], mi-a luat câteva minute să mă trezesc. Era ca și cum soneria suna în visul meu, până când fiul meu Jasper a bătut la ușa dormitorului meu.

„Mamă, e pentru tine — poliția".

Am dat păturile la o parte, mi-am tras cămașa de noapte peste cap, am înlocuit-o cu un trening și mi-am periat părul cu degetul înainte să ies.

Fiul meu, care are puțină etichetă cu privire la aceste lucruri, deși a fost crescut cu maniere excelente, îi lăsase pe ofițeri în picioare pe veranda din față.

Când am scos capul afară, jumătate înăuntru și jumătate afară, vântul s-a întețit și aproape că mi-a smuls ușa din mâini.

Înfățișarea ofițerilor era neîngrijită, ceea ce pe vremuri se numea „spulberată de vânt și interesantă". Perechea robustă de ofițeri era suficient de frumoasă pentru a lucra ca stripteuze la Thunder from Down Under. I-am invitat înăuntru.

„Nu, mulțumesc, doamnă", a spus tipul cu părul blond, care atunci când și-a scos pălăria arăta ca celălalt tip, cel care nu era «Ponch» de la C.H.I.P.S..

„Jon", am spus eu cu voce tare fără să vreau (numele tipului blond din C.H.I.P.S. tocmai îmi venise în minte).

„Numele meu este Marshall", a spus cel blond. „Partenerul meu este ofiţerul Ramsey".

„Încântat să vă cunosc. Şi cu ce vă pot ajuta?"

Blondul a spus: „Am primit ieri de la dvs. o sesizare privind un apel la 911 abandonat, ne puteţi explica ce s-a întâmplat?"

„Am observat un bărbat şi o femeie care mergeau unul spre celălalt în timp ce aşteptau să se schimbe culoarea roşie a semaforului. Am observat sticla."

„În timpul zborului?" a întrebat Ramsey.

Am dat din cap. „Da, sticla a urcat şi apoi a coborât din nou. Am încercat să le atrag atenţia, dar înainte să-mi dau seama, sticla a lovit-o mai întâi pe femeie şi apoi pe bărbat. Amândoi au căzut pe trotuar, tare."

„În ce stare erau când ai ajuns la ei şi cât timp ţi-a luat să ajungi acolo?" a întrebat Jon, adică Marshall.

„Am parcat în câteva secunde şi m-am dus imediat lângă ei."

Ramsey era tipul cu notiţele, nota tot ce spuneam.

Marshall avea telefonul îndreptat spre mine; înregistra tot ce spuneam.

Am presupus că era în regulă, deşi nu mi-am pus problema în acel moment.

„Erau conştienţi, respirau şi aveau pulsuri puternice. După ce am confirmat acest lucru, am sunat la 911."

„Ce s-a întâmplat atunci?"

„Un copac imens s-a prăbuşit şi am fugit spre maşina mea."

„A cerut vreunul dintre ei să vadă un doctor sau să meargă la Urgențe?"

„Nu, erau foarte treji. Râdeam și vorbeam. Casele lor erau pe drumul de întoarcere, i-am lăsat și nu a fost nicio problemă."

Am rămas tăcuți.

***

„Despre ce este vorba?" Am întrebat, simțind vântul tăindu-mi treningul.

„L-ai mai întâlnit vreodată pe vreunul dintre ei?" a întrebat Marshall. „La urma urmei, casele lor nu sunt departe de ale voastre."

„Nu." Am stat liniștit, încercând să-mi dau seama unde vor să ajungă cu întrebările lor. Ce mai conta dacă îi mai văzusem pe vreunul dintre ei? Înăuntru, fiul meu a pornit televizorul și sunetul a explodat. Am închis ușa în urma mea și am pășit afară.

„Ce fel de sticlă era?" a întrebat Ramsey.

„Era o sticlă verde".

Cei doi ofițeri au schimbat priviri.

„Este adevărat că ieri ați mai avut un incident în care a fost implicată o umbrelă?" a întrebat Marshall.

„Da, a fost o vineri 13 teribilă."

„Chestia este", a spus Ramsey. „Welch și Manny au murit."

***

M-am trezit după ce am leșinat cu trei fețe îngrijorate care se uitau la mine. Două aparțineau ofițerilor Ramsey și Marshall. În mâinile lor țineau exemplare din Reader's Digest pe care mi le fluturau ca niște fani. Cealaltă aparținea lui Jasper, care ținea un pahar cu apă din care îmi împrăștia intermitent picături pe frunte.

„Ești bine, mamă?"

Nu eram sută la sută sigură. Totuși, am încercat să mă ridic pentru a evita alte atacuri cu Reader's Digest și apă.

„Ai avut un mic șoc", a spus Ramsey, în timp ce doi asistenți de ambulanță se îndreptau spre mine. Unul mi-a verificat pulsul, celălalt mi-a pus banda de tensiune și a început să pompeze. Amândoi au spus: „Totul e bine".

Am încercat să îi însoțesc până la ușă, dar au spus că nu este necesar.

Ramsey s-a așezat vizavi de mine.

Fluturii din stomac îmi fluturau în jur și mă simțeam încă puțin delicată, în timp ce în capul meu pluteau întrebări despre sticle zburătoare care omorau oameni.

Am crezut că mă gândeam doar la ultimul gând până când Ramsey a răspuns: „Nu știm încă cauza morții. Medicul legist examinează cadavrele".

„Am observat că aveți o crăpătură mare în parbriz", a spus Marshall. „A intrat vreunul dintre ei în ea?"

„Nu, a fost cauzată de umbrelă."

„Cred că avem suficiente informații", au spus ofițerii.

Jasper le-a arătat ieșirea.

Am mers în bucătărie, mi-am făcut o ceașcă de ceai tare și am desfăcut un pachet de biscuiți cu ciocolată. Afară, puteam auzi vântul cum sufla frunzele în jur și în jur. Am deschis ușa din spate și i-am cerut Mamei Natură să înceteze.

Așa cum mă așteptam, mi-a ignorat cererea.

***

Duminică a fost o zi liniștită. Am fost retrasă, iar Jasper m-a tratat ca de Ziua Mamei cu micul dejun, prânzul și cina în pat. Încă în stare de șoc, am acceptat cu bucurie rolul de invalidă pentru o zi și numai pentru o zi.

Luni dimineață, la prima oră, m-am îndreptat spre magazinul de înlocuire a geamurilor. Tot ce trebuia să fac era să plătesc franșiza și mi-l vor repara pe loc.

Mi-a sunat telefonul și era ofițerul Ramsey. M-a rugat să vin la secție, „Și să-ți aduci mașina".

I-am explicat unde sunt și de ce. Mi-a spus că mașina mea era „sub investigație". A spus că voi fi fără mașină pentru câteva zile.

I-am spus că voi fi acolo cât de curând posibil și am părăsit incinta.

Mai târziu, așteptam la un semafor roșu când am observat un cuplu tânăr care mergea împreună ținându-se de mână. În cealaltă mână a lui era o ceașcă de cafea. Ea bea dintr-o sticlă verde. Într-o clipă erau fericiți, în clipa următoare ea i-a scăpat mâna ca pe un cartof fierbinte. El, la rândul său, a scăpat cafeaua fierbinte și aceasta s-a vărsat peste pantaloni și pantofi.

Într-o clipită de o secundă, el a lovit fundul sticlei ei și aceasta a zburat în aer. Noi, cei care așteptam la semafor, am văzut-o urcând. Era ca o rachetă, zburând drept spre cer.

A coborât exact când tânărul cuplu se uita în sus.

A lovit-o pe femeie în cap, a ricoșat în capul bărbatului și s-a rostogolit pe trotuar în stradă.

Am ieşit imediat din maşină, sunând pe drum la 911. Alţii m-au urmat, ieşind din maşinile lor. Am blocat întreaga intersecţie.

Fata era inconştientă, iar bărbatul era complet treaz.

„O ambulanţă este pe drum", am spus.

Am auzit sirenele. Am văzut maşinile de poliţie.

„Ce naiba faceţi aici?" a întrebat Ramsey.

„Oh, Doamne", i-am răspuns.

***

I-am explicat situaţia. De data asta au fost destui martori.

După ce ambulanţa a băgat cuplul înăuntru şi a plecat ţipând, ofiţerii le-au spus tuturor să părăsească zona, cu excepţia mea. Vorbiseră deja cu majoritatea martorilor.

„Mă arestaţi?"

Au făcut schimb de priviri.

„Mai trebuie să-mi confiscaţi maşina?" Mă dădeam mare, văzusem destule spectacole ale poliţiei.

„Puteţi merge acasă", a spus Ramsey.

„Ştim unde locuieşti", a spus Marshall cu un zâmbet ironic. „Doar să nu părăseşti oraşul, bine?"

Am râs şi mi-am continuat drumul.

***

Nu a fost niciun incident pe drumul spre casă.

Am pus friptura de pui la cuptor, am curăţat cartofii şi am tăiat nişte legume, gândindu-mă în tot acest timp la sticlele verzi din aer.

Am intrat în biroul meu şi am tastat „sticle zburătoare" într-un motor de căutare. Acesta m-a conectat la un tip de pe YouTube care a pus bomboane într-o sticlă, apoi a izbit-o de pământ. Nu s-a întâmplat nimic. Intrigat, am continuat să mă uit. Următoarea dată când a spart-o, sticla, după ce a lovit fața unui cameraman, s-a lansat în aer ca o rachetă.

Apoi am dat peste niște experimente Myth Busters care au confirmat că o sticlă plină avea potențialul de a sparge un craniu. Dimpotrivă, sticlele goale nu puteau — acest mit a fost cu adevărat spulberat de cele două decese recente.

Am oprit computerul. Nu voiam să mă mai gândesc la asta.

La momentul potrivit, a intrat Jasper. „E totul în regulă, mamă?"

I-am povestit despre ultimul incident și despre experimentele de pe YouTube.

„Glumești, nu?"

Am scuturat din cap și m-am dus în bucătărie să amestec cartofii.

„Culmea, ofițerii chemați la fața locului au fost Ramsey și Marshall. Probabil cred că sunt un fel de ghinionist."

„E un oraș mic, mamă, toți ne băgăm în treburile celorlalți. A înregistrat cineva incidentul pe telefoanele lor?"

Din gura copiilor. Dacă au făcut-o, s-ar putea să fi fost încărcat online. „Cum îl găsesc? Ce cuvinte-cheie ar trebui să folosim?"

Ne-am întors în biroul meu și, sigur, acolo era.

„Trebuie să le spui ofițerilor."

Ofițerul Ramsey a răspuns imediat. Jasper i-a trimis legătura directă în timp ce eu îl puneam la curent cu detaliile.

Cartofii erau aproape gata, așa că am turnat apa și am adăugat puțină sare și piper.

Jasper şi cu mine ne-am aşezat la masă cu sunetul televizorului în fundal. Era o ştire la zi despre cuplul lovit de sticlă. Am pus tacâmurile jos şi ne-am apropiat. Prezentatorul a spus că starea fetei era critică, dar, din fericire, băiatul era stabil.

Nu ne mai era foame.

***

Nu am dormit prea mult, mă tot învârteam în pat.

Până la urmă am cedat şi mi-am făcut o ceaşcă de ceai.

Am stat în picioare, ţinând-o în mână, uitându-mă pe fereastră la vântul care încă sufla şi învârtea lucrurile în jur. Am tremurat.

În viaţa mea, lucrurile bune şi cele rele se întâmplau întotdeauna în trei.

M-am dus în biroul meu şi am dat click pe nişte informaţii despre întâmplări supranaturale, inclusiv preziceri. Toate semnele erau acolo. Universul încerca să-mi spună ceva.

Dar ce anume?

Semnele sugerau că ar putea fi un spirit furios, cineva care fusese ucis sau ucis înainte de vreme. Cineva care era prin preajmă, căutând răzbunare. Nu puteam vedea nicio legătură cu victimele. La urma urmei, erau complet străini.

Am început să scriu furios. Întotdeauna listele mă ajutau să înţeleg lucrurile.

În coloana numărul unu, m-am pus pe mine. Singură. Văduvă. Pensionată. Un fiu. Căsătorită timp de 35 de ani. Soţul a murit de cancer de colon. Stadiul 4. Ambii mei părinţi au decedat. Am fost singurul copil. Familia noastră a locuit întotdeauna în zonă. Genealogia noastră se întorcea mult în această zonă.

În lista numărul doi l-am pus pe Brent Welch. Avea treizeci şi trei de ani şi era avocat. Am căutat pe Google necrologul său. Era necăsătorit. Nu s-a căsătorit niciodată. Trăia singur. Familia lui se întindea de mult în această zonă. Cum de nu ne-am întâlnit până atunci? Rudele sale au contribuit la transformarea comunităţii noastre într-un loc loc locuibil încă din vremea pionieratului. Mama şi tatăl său erau amândoi decedaţi. El a fost singurul copil.

Aveam câteva lucruri în comun. Asta m-a făcut să mă ridic.

În coloana următoare am pus-o pe Eileen Manny. Avea 39 de ani. Avea o soră geamănă pe nume Esther care locuia în zonă. Cam atât cu teoria asta. Aveau rădăcini locale, dar nu mergeau atât de departe ca Brent şi ale mele. Eileen era căsătorită, dar soţul ei murise. Părinţii lui Eileen erau amândoi în viaţă, dar s-au mutat. Fiica lui Eileen frecventa aceeaşi şcoală ca Jasper. Ciudat că nu ne mai întâlnisem până atunci.

Listele mele conţineau puţine informaţii şi nu erau de niciun ajutor.

Adormit acum, m-am întors în pat, unde listele cu informaţii inutile mi se învârteau în cap.

***

Ploua extrem de tare, dar norii nu erau în locurile lor obişnuite. În schimb, erau sub mine. Ploua, de la pământ în sus. Un alt semn al schimbărilor climatice şi al poluării urbane?

Pluteam în afara mea, în timp ce picioarele îmi rămâneau bine înfipte în Tender Tootsies. Picioarele mele erau ascunse sub o fustă multicoloră înflorată, în stilul anilor şaizeci. Sufla în vânt, expunându-le, în timp ce fusta se desfăcea în acordeon şi apoi revenea înăuntru. Pe talie aveam o curea din piele maro, foarte groasă. Era prea strânsă, mă constrângea.

Eram moartă?

M-am ciupit. Deci nu eram moartă.

Purtam o bluză albă cu un guler înalt cu volane şi un colier, mărgele, negru, un rozariu. Mi-am trecut mărgelele reci printre degete, încercând să le desluşesc pe toate, dar nu-mi aminteam ce să fac cu ele.

Vântul m-a luat, m-a purtat. M-a dus înainte şi înapoi.

Părul meu lung îmi şerpuia pe spate într-o împletitură strânsă.

Stăteam pe o bucată de pământ, deasupra norilor. Nu era foarte mult spaţiu pentru a mă mişca fără teama de a cădea

„Mamă! Mamă! Trezeşte-te! Trezeşte-te, te rog.”

Era Jasper. M-am întors.

Am ţipat când o minge de foc verde mi-a ars părul şi mi-a topit rozariul. Mi-a picurat pe piept şi printre degete.

***

M-am ridicat şi m-am uitat la degetele mele, aşteptându-mă să văd scurgeri verzi, dar erau curate ca lacrima. Nu fusese decât un vis urât.

Fiul meu încă mă striga. Am fugit în sufragerie şi am deschis şi închis ochii de câteva ori pentru a mă asigura că văd ceea ce văd. Ce dezastru!

O chestie verde se prăbuşise prin acoperişul casei mele. În drumul său spre locul de odihnă final (subsolul), a zdrobit şi a distrus totul în calea sa, pulverizând în jurul casei mele o substanţă verde neon, ca un câine care îşi marchează teritoriul. Nuanţa de verde ar fi putut fi o atingere plăcută, dacă nu ar fi fost atât de multă şi dacă nu ar fi fost împrăştiată la întâmplare.

„Ce naiba?"

„Nu ai auzit?" a întrebat Jasper. „A fost ca un boom sonic."

Am mers mai aproape de gaură. Nu auzisem nimic. Dormisem, visasem. Acum eram treaz şi fără cuvinte. Mi-am încrucişat braţele şi m-am uitat în jos. Din ea se ridica abur. Mi-am întins palma şi, deşi era cu un etaj mai jos decât noi, am simţit căldura care se ridica. Am încercat să vorbesc, dar nu erau cuvinte.

Jasper se uita, aştepta să spun ceva.

Nu semăna cu mare lucru, înfipt în podeaua subsolului meu. Nu era rotund, pătrat sau în formă de ou. Avea multe feţe, era tridimensional, sferic, aproape euclidian, un dodecaedru solid.

„N-ar trebui să chemăm pe cineva?" a întrebat Jasper în timp ce se apleca pe margine lângă mine.

„Nu ştiu sigur pe cine ar trebui să sunăm. Nu noi suntem răniţi, ci casa. Nu e o fantomă, aşa că echipa de spărgători de fantome nu ne-ar ajuta. Nu sunt sigur dacă Neil deGrasse Tyson sau vreuna dintre revistele Science fac vizite la domiciliu."

Jasper râse. „Mi-aş dori ca Stephen Hawking să mai fie pe aici."

„Cred că asta e mai degrabă o chestie de Stephen King", am spus eu.

Eram într-o stare de şoc, dar rezistam cu umor.

„Trebuie să mergem acolo şi să aruncăm o privire mai atentă."

„Nu ştiu, mamă; chestia aia radiază căldură. Simt că mă arde soarele doar stând aici."

Avea dreptate, dar eu nu observasem pentru că bufeurile la vârsta mea erau ceva normal.

„Cum rămâne cu poliția?" a întrebat Jasper, scoțându-și telefonul și făcând câteva fotografii.

„Nu știu cum ar putea ajuta, dar cel puțin sunt la o distanță de mers cu mașina." Mă îngrozea ideea de a vorbi cu ofițerii Ramsey și Marshall.

„Am făcut asta", mi-a arătat Jasper, «în timp ce venea prin acoperiș».

Fotografia cu obiectul în mișcare descendentă îl arăta îndoindu-se și desfășurându-se chiar înainte să lovească.

„Este distorsionată", a spus Jasper. „Se mișca foarte repede."

Am sunat la departamentul de poliție și ofițerul Ramsey avea zi liberă, așa că am întrebat de ofițerul Marshall. După ce i-am explicat, a întrebat: „Este o glumă?"

După ce i-am trimis o fotografie înainte, i-am trimis una și acum. Dovada. Am așteptat.

Ofițerul Marshall a întrebat dacă cineva a fost rănit, iar eu i-am confirmat că a fost vorba doar de casă. I-am explicat intenția noastră de a merge jos și de a arunca o privire mai atentă. A sugerat să îl așteptăm și să verificăm împreună.

După ce am închis, Jasper și cu mine ne-am dus în bucătărie, iar eu am pus ceainicul pe foc.

„Dintre toate casele din lume, de ce a noastră?", a întrebat el.

„Tocmai mă gândeam la același lucru, fiule." Mă gândeam și la compania de asigurări și la ce aveau de gând să spună. Mai întâi parbrizul spart şi acum o casă demolată. Am turnat apă în cafeaua instant şi ne-am aşezat.

„Dacă ar fi fost făcută din jad, am fi fost putred de bogaţi", a spus Jasper.

„Da, chinezii numesc jadul piatra preţioasă a cerului".

Am sorbit şi ne-am plimbat privind în jos, căldura revărsându-se din ea. Se ridica. M-am întrebat dacă ar putea fi suficient de fierbinte pentru a da foc restului casei. Am decis să sun la pompieri.

***

La scurt timp, soneria noastră a început să sune cu oaspeţi neaşteptaţi. Nu erau ofiţerii sau pompierii. Erau vecinii noştri. Au auzit prăbuşirea, s-au adunat şi au venit să investigheze (şi să vadă dacă eram bine).

Au intrat cu forţa, văzând că atât eu, cât şi Jasper eram bine.

„Cu siguranţă este cald aici", a spus Artois de peste drum. Era renumit pentru faptul că spunea lucruri al naibii de evidente.

„Ce este?", a întrebat soţia lui, aruncând o privire în gaură.

„Presupunerea ta este la fel de bună ca a mea", am spus eu.

„Poliţiştii sunt aici", a spus Jasper şi s-a dus să îi lase să intre.

„Întoarceţi-vă la casele voastre", a cerut ofiţerul Marshall, dar nimeni nu s-a mişcat.

Pompierii au sosit cu furtunurile pregătite. Au urmărit căldura şi au pulverizat obiectul de sus. În loc să se răcească, a şuierat şi a scuipat. Ieşea mai mult abur. Era din ce în ce mai fierbinte, până la punctul de a ne topi hainele.

„Trageţi înapoi! Înapoi!" a cerut ofiţerul Marshall. Băieţii care purtau haine de protecţie nu simţeau căldura ca noi. În câteva secunde au încetat asaltul cu apă.

Chiar atunci a sosit reprezentantul companiei de asigurări: „Uau!", a spus el.

Acesta a fost ultimul lucru pe care l-am auzit.

***

M-am trezit în pat, cu pătura trasă până la gât, convins că tocmai avusesem un coşmar în care o chestie verde plonja prin tavan. Am ieşit să investighez.

În sufragerie am văzut un aparat uriaş care era coborât în gaură cu intenţia de a ridica craterul verde din casa mea. Părea un plan bun.

Gura lucrului s-a deschis, mare, mai mare, apoi cât a putut de mare. A trecut pe sub lucru, cu fălcile pregătite şi a încleştat.

„Toate sistemele funcţionează!" a strigat cineva.

Aparatul s-a răsucit şi a scârţâit. A cântat, apoi a cedat cu un oftat şi o falcă ruptă. Dinţii de metal erau îndoiţi şi răsuciţi în timp ce ceea ce rămăsese ataşat de aparatul de ridicare era tras înapoi în sus.

„Şi acum ce facem?" Am întrebat.

„Doamnă", a spus ofiţerul Marshall, "de ce nu vă cazaţi cu fiul dumneavoastră la un hotel pentru câteva zile? S-ar putea chiar să aveţi o asigurare care să acopere asta."

„Act al lui Dumnezeu", am spus.

„Cumnatul meu este un tip de asigurări şi l-am întrebat despre asta. A spus că majoritatea poliţelor acoperă meteoriţii, aşa că dacă putem determina dacă acest lucru este un meteorit, atunci totul va fi acoperit."

„Și cine decide ce este sau nu este?"

„Am contactat pe cineva care ar putea fi în măsură să ne sfătuiască sau să ne îndrepte în direcția cea bună."

M-am așezat în scaunul meu preferat — fără excepție mica mea bucățică de pace în haos.

***

Când nimeni nu se uita, am coborât să mă uit mai de aproape la acel lucru. Pe măsură ce mă apropiam, părea să se audă un sunet, un bâzâit sau un bâzâit din ce în ce mai puternic pe măsură ce mă apropiam, pe lângă creșterea căldurii. Se simțea și un miros care m-a făcut să-mi pun mâna pe nas.

Stând lângă el, am avut senzația că totul se întorsese cu susul în jos. De fapt, când mi-am ridicat privirea, oaspeții care stăteau în sufragerie erau oglindiți dedesubt, ca și cum corpul lor era la ultimul etaj, iar umbra lor la parter plutea prin podea cu mine. A fost un sentiment ciudat, ca și cum aș fi fost acolo jos, dar nu singur.

Lucrurile asemănătoare umbrelor erau imagini în oglindă cu lumini verzi, energie care ducea la obiect. Am studiat oaspeții de sus și omologul lor de jos; când se mișcau, energia lor asemănătoare umbrelor se mișca și ea.

Am mers în jurul uneia dintre raze și mai aproape de masa căzută și căldura s-a diminuat. Dacă am urmat modelul folosind energiile umbrelor, m-am putut apropia de obiectul căzut.

Examinându-l mai atent, am fost atras de fantele de pe suprafața obiectului. Aveau forma unor ochi, dar nu existau pupila, pleoapa sau genele. După ce am înconjurat-o, m-am simțit amețit.

Pentru a mă stabiliza, mi-am sprijinit brațul de perete. Următorul lucru pe care mi l-am dat seama a fost că peretele se mișcase și eram în afara casei mele. Peretele subsolului meu devenise un turnichet.

În afară de iarbă, nimic în spate nu arăta așa cum ar fi trebuit să arate. Șopronul dispăruse, la fel și suportul pentru biciclete și bicicleta fiului meu. Un alt lucru, casele vecinilor dispăruseră toate.

Am început să merg, dorindu-mi să am o frânghie legată de casă de care să mă agăț în caz că mă rătăcesc,

M-am uitat în sus și nu mai era nici soare și nici cer. Ce le înlocuise era doar verde deasupra și în jur, cu excepția copacilor. Copacii erau fără ramuri, doar trunchiuri care se întindeau spre cer.

M-am ciupit, ca să mă asigur că eram trează. Eram.

M-am întors și mi-am observat casa. Obiectul care se apropia era vizibil, jumătate înăuntru și jumătate în afară.

Pentru o clipă, am vrut să mă întorc, până când un sentiment m-a cuprins. Simțeam nevoia să cânt și am făcut-o. „ *The Green, Green Grass of Home*" a lui Tom Jones.

Balansând și dansând cu mine însămi, parcă pluteam într-un nor. Apoi mi-a venit în minte o mână, mâna soțului meu Luther.

Mi-am aruncat brațele în jurul gâtului său, iar el a făcut la fel în jurul meu.

Ne-am sărutat și am dansat.

Când cântecul s-a terminat, el s-a înclinat, mi-a dat un sărut și a dispărut.

Mi-am șters o lacrimă.

***

Simțindu-mă mai singură acum decât în ziua în care a murit, mi-am înfășurat brațele în jurul meu și m-am îndreptat spre casă.

Din nou înăuntru, am fost atrasă de obiectul care părea să se miște și să bâzâie. Altceva, se învârtea în sensul invers acelor de ceasornic.

La etaj am auzit un țipăt urmat de o prăbușire. Un corp a căzut prin gaură, s-a unit cu energia umbrei sale, apoi s-a oprit pe suprafața obiectului. Carnea bărbatului a sfârâit și a scuipat, până când tot ce a rămas a fost o formă de X în care brațele și picioarele bărbatului se întinseseră.

Stomacul îmi zvâcnea în timp ce mă îndreptam spre etaj.

***

Fețele goale spuneau totul.

M-am dus la Jasper și l-am întrebat cine era bărbatul. Mi-a explicat că era un cameraman de la ziarul local. Încercase să obțină cea mai bună imagine, dar se aplecase prea mult.

„Toată lumea afară!" a cerut Marshall. De data asta nu accepta un refuz.

Jasper și cu mine aveam din nou casa noastră doar pentru noi, cel puțin ce mai rămăsese din ea.

***

Ofițerul Marshall și încă doi ofițeri erau în fața casei mele.

Alți doi ofițeri au sosit și au fost plasați în spate.

Au izolat zona cu bandă adezivă. I-au pus pe vecinii curioşi să traverseze strada.

Jasper şi cu mine am tras draperiile şi am tras cu ochiul afară exact când o procesiune de vehicule negre s-a oprit brusc. Uşile s-au deschis simultan ca într-o scenă din *Men in Black*. Costume negre. Ray-bani.

„Oh, Doamne", a spus ofiţerul Marshall. „Cred că expertul pe care l-am contactat s-ar putea să fi adus autorităţile."

„Oh, Doamne, a făcut-o vreodată", am spus.

„Uau", a exclamat Jasper când a dat cu ochii de singura femeie din anturaj.

Era îmbrăcată într-un costum roşu din două piese, cu sacou croit şi fustă deasupra genunchiului. Sub sacou purta o bluză albă cu guler deschis şi un colier cu o inimă cu diamante. În plus, purta o pereche de pantofi roşii cu toc de 15 cm şi o geantă asortată.

Bărbaţii s-au oprit când femeia a urcat scările.

Ea era în mod clar liderul haitei.

Jasper şi cu mine ne-am dus la intrare, alături de Marshall şi de ceilalţi doi ofiţeri. Am format o jumătate de potcoavă.

Femeia şi-a arătat legitimaţia. Era de la Homeland Security şi mai avea un agent cu ea. Erau doi de la F.B.I. Doi de la C.I.A. Doi de la Departamentul pentru Protecţia Străinilor. Doi de la Serviciile Secrete.

„Unde este?", a cerut femeia. Numele ei era Charlotte Cassidy. Îşi scoase ochelarii de soare negri şi părul ei corb contrasta imediat cu ochii ei albaştri. În mână, purta un obiect care ticăia. „Nu e atât de mare pe cât mi l-am imaginat". S-a apropiat de gaură cu dispozitivul întins și aceasta a tăcut.

„Detector de radiații?" a șoptit Jasper.

Am ridicat din umeri.

Omul de la C.I.A., Frank Dune, își tot punea ochelarii de soare și și-i scotea din nou, deși era înăuntru. Era foarte enervant. Partenerul său, Jake Flatts, i-a dat un cot și i-a spus să înceteze. „Doamnă, ce știți despre acest obiect?"

„A căzut prin acoperișul meu. Este ridicol de fierbinte. Bâzâie, uneori bâzâie. Au încercat să folosească un motostivuitor ca să-l scoată de aici, dar l-a rupt." M-am apropiat, făcând semn să explic despre forma în formă de X lăsată de tipul mort.

„A dispărut", a spus Jasper.

„Ce a dispărut?" a întrebat Charlotte.

Ofițerul Marshall a intervenit. „Un fotograf a căzut înăuntru și s-a topit pc ea. A existat o amprentă a corpului său, în formă de X, dar nu mai este vizibilă."

„Poate că nu a fost niciodată acolo?", a spus ea.

„A fost absolut acolo", am spus eu, «Avem o mulțime de martori».

„Iisuse!", a spus unul dintre tipii de la Departamentul pentru Protecția Străinilor (T.D.F.T.P.O.A.). Îl chema Alex Greene și era nerăbdător să coboare și să vadă.

Charlotte a preluat conducerea, sugerând ca grupul să se împartă. A indicat cine ar trebui să rămână sus și cine ar trebui să coboare cu ea. Eu am fost inclusă în ultimul grup.

Alex Greene și partenerul său, Jessie Filtch, au fost în mod clar supărați că au fost excluși, dar Charlotte a considerat că este mai bine ca ea și echipa ei să acceseze pericolul înainte de a le da drumul celorlalți.

***

Când am ajuns la scara de jos, după ce am mers încet ca să mă pot gândi pe drum — uneori, a fi bătrână are avantajele ei — m-am întrebat dacă ar trebui să le spun despre dansul cu soțul meu. Mi-am dat seama că ar trebui, chiar dacă nu era chiar treaba lor.

Am observat imediat o schimbare în obiect. În două dintre fantele asemănătoare unor ochi erau doi ochi adevărați. Culoarea nu era totuși umană, deoarece erau pete de verde în fundal, iar în locul pupilei era ceva roșu ca o minge de foc. Am oftat și am mers mai departe.

După ce mi-am revenit, mă așteptam ca oaspeții să fie uimiți sau cel puțin interesați de umbrele emanate de cei de la etaj. Destul de ciudat, ei nu păreau să observe.

Charlotte era ocupată să-și agite tic-tac-ul care nu mai ticăia. A venit mai aproape de mine. „Ce anume te îngrijorează la chestia asta? Mie mi se pare perfect inofensiv.”

Am fost salvat de la a spune ceva ce aș fi regretat de P. G. Willow („Pinguin” pe scurt) — reprezentantul Securității Naționale. „Aveți un pic de sensibilitate, vă rog? Casa acestei femei a fost invadată și făcută bucăți.” A făcut o pauză: „V-ați gândit că ar putea ecloza?”

„Nici măcar nu are forma unui ou”, a revenit Charlotte după ce a luat-o în derâdere.

„Un ou aşa cum îl ştim noi", a replicat Pinguinul.

Charlotte şi-a dat ochii peste cap.

„Ce mă îngrijorează pe mine", am spus încercând să nu par prea supărată când mă simţeam supărată, "nu este atât de mult chestia asta, ci voi toţi care umblaţi prin casa mea. Oricum, de ce sunteţi aici? De ce nu sunt băieţii de la Departamentul pentru Protecţia Străinilor aici în loc de F.B.I., C.I.A. şi Homeland Security?"

„Este foarte cald", s-a oferit omul de la ghişeul lui Charlotte de la Homeland Security. Îl chema Brad Hitt şi se pricepea să spună lucruri al naibii de evidente, aşa cum făcuse vecinul meu.

M-am învârtit prin jur, încercând să atrag atenţia asupra umbrelor. Intrând şi ieşind din ele. N-am găsit nimic.

Eram singurul care le putea vedea?

„Ce sunt acele goluri în suprafaţă?" a întrebat Hitt.

M-am apropiat şi l-am întrebat care sunt acelea. M-am întrebat ce putea şi ce nu putea să vadă. El a spus că sunt sute sau mii de lucruri goale care arată ca nişte fante. Apoi a întins mâna şi ar fi atins lucrul dacă nu l-aş fi oprit la timp.

„Încerci să te sinucizi?"

Charlotte a intervenit, „Cred că am văzut destul. Chestia trebuie să fie răcită. Cheamă pompierii. După ce îl răcesc, îl putem rostogoli afară de aici. Uşor-uşor."

I-am spus ce s-a întâmplat când pompierii au încercat asta.

Charlotte a vorbit direct în telefon: „Obiectul în cauză se încălzeşte când se toarnă apă pe el. Repet, se încălzeşte în loc să se răcească atunci când se toarnă apă rece pe el." A traversat camera. Am urmat-o cu toţii.

„Aşteptaţi un minut", a spus Hitt. Am aşteptat cu toţii. „Nu contează", a spus el.

Charlotte şi anturajul ei au plecat după ce ne-au dat instrucţiuni precise:

#1. Nimeni nou nu are voie în casă.

#2. Nu se postează nimic pe reţelele sociale sau oriunde altundeva fără permisiunea ei.

Apoi au plecat, cu excepţia a două persoane.

***

Rămăseseră Alex Greene şi partenerul său, Jessie Filtch. Cei doi tipi de la Departamentul pentru Protecţia Străinilor.

„Mamă, putem vorbi puţin?"

Ne-am scuzat şi am mers în biroul meu.

„Mamă, cred că tipii ăştia doi sunt nişte idioţi."

„Jasper, ce chestie spui."

„Cred că ar trebui să chemăm pe cineva, un expert. Ca Sam şi Dean din Supernatural. Ei ar şti ce să facă."

Am scuturat din cap. „Uh Jasper, sunt personaje fictive."

„Ştiu, mamă, dar trebuie să existe tipi ca ei în viaţa reală."

„De ce nu navighezi pe net să vezi ce poţi găsi?"

L-am lăsat pe Jasper în biroul meu şi m-am dus să-i caut pe Alex şi Jessie. Purtau nişte echipamente de protecţie ciudate, inclusiv uniforme şi măşti, iar cu armele pe care le aveau, arătau ca Vânătorii de fantome.

Mă aşteptam să deschid calea, dar în schimb i-am urmat pe băieţi. Cărau atât de multe lucruri în plus, tuburi şi gadgeturi. Unul dintre băieţi era ticluit.

Băieţii lucrau bine împreună, cu o osmoză ciudată. Unul ştia ce gândeşte celălalt înainte să comunice. S-au apropiat de obiect şi purtând mănuşi de protecţie şi-au pus mâinile pe el. Costumele lor şi-au făcut treaba — la început. Au făcut schimb de priviri şi şi-au dat unul altuia cu degetul mare în sus.

M-am apropiat un pic mai mult, detectând un miros ciudat. Ceva ardea. Mai întâi s-a aprins mănuşa lui Jessie şi apoi a lui Alex. Au alergat la chiuvetă şi şi-au smuls mănuşile dezintegrate cu cealaltă mână. Mâinile lor fuseseră arse, dar nu era atât de rău pe cât ar fi putut fi.

„Whoa!" a spus Jessie după ce şi-a scos masca. „Nenorocitul ăsta e mai tare ca naiba."

Această izbucnire de adevăr m-a făcut să râd când Alex şi-a scos masca. „Ai observat chestia asta?

Cei doi bărbaţi s-au uitat unul la celălalt şi apoi la mine. Nu eram sigură la ce se refereau, aşa că am tăcut.

„Da, a spus Jessie. „Ochii."

Am fost surprins că îi puteau vedea şi am spus-o.

„Stai puţin", a spus Alex. „Vrei să ne spui că îi poţi vedea fără niciun echipament pentru ochi?"

Am dat din cap.

„Ce altceva mai poţi vedea?" A întrebat Jessie.

Am ezitat şi am spus că mă întorc imediat. Şi-au pus glugile la loc, iar eu am urcat la etaj pentru a demonstra energia umbrelor. Am aşteptat, aşteptând să aud ceva de la ei, ca un ţipăt de încântare, dar nu am auzit nimic."

„Oh, te-ai întors", au spus ei.

„Observi ceva?”

„Pot să folosesc baia voastră?” Alex a spus și s-a dus sus.

Jessie și-a pus gluga și când Alex s-a întors au schimbat priviri.

„Deci, puteți vedea umbrele?”

„Ne-am pus mâinile prin ea”, a recunoscut Jessie. „Și am reușit, de asemenea, să o citim.”

M-am apropiat mai mult. „Ei bine, nu mă țineți în suspans.”

„Este o strălucire a aerului ionizat, a atomilor Rydberg, de unde și nuanța verde”, a spus Alex. „Este greu de explicat, deoarece de obicei apare doar în spațiu sau în locuri precum aurora boreală. Este extrem de rar, adică este nemaiauzit în subsolul cuiva.”

Am rămas cu gura căscată. Am închis-o.

„Pe bază de aluminiu”, a explicat Jessie. „Nu este toxic sau periculos. Credem că obiectul este aici din întâmplare, de foarte, foarte departe. Având în vedere mărimea și forma sa, ca să nu mai vorbim de greutatea sa, trimiterea înapoi nu va fi ușoară. De fapt, probabil că nu avem tehnologia necesară pentru a o face.”

„Am nevoie de o băutură”, am spus.

În timp ce mă îndreptam spre etaj, Jessie a întrebat: „Cum rămâne cu zidul?”

„Presupunând că îl poate vedea”, a spus Alex.

Prefăcându-mă că nu i-am auzit, am continuat. Apoi am aruncat pe spate o dușcă de whisky.

„Mamă?”

„Sunt în bucătărie, iubire.”

„Am găsit doi tipi, ca Sam și Dean. Acum vin cu mașina până aici, la aproximativ patruzeci și cinci de minute distanță, folosind

GPS-ul lor. Sper că nu te superi, dar le-am oferit o notă de plată. Până la o sută de dolari pentru a le acoperi cheltuielile."

Am zâmbit. „E în regulă."

„Au un site web și o mulțime de mărturii și experiență în supranatural, ocult și extraterestru."

„Bună treabă, Jasper. Să mă anunți când sosesc. Între timp îi voi ține ocupați pe cei doi oaspeți de jos."

„Ești bine, mamă? Pari un pic obosită?"

„Sunt obosită, dar în același timp încântată.

„Și eu!"

***

M-am întors la subsol, confirmând că o pot vedea.

„Ai trecut prin ea? Pe partea cealaltă?" a întrebat Jessie.

„M-am dus și m-am sprijinit de perete așa." Am demonstrat și, din nou, am trecut direct prin el. Băieții erau deja echipați și m-au urmat.

„Cum e aerul?" a întrebat Jessie.

„Este proaspăt și frumos."

Ei și-au scos măștile.

„Când ai observat prima dată golul?" A întrebat Alex.

„Nu prea, m-am aplecat spre el din greșeală."

„Arată foarte ciudat cu tot acest cer verde", a spus Alex. A atins iarba, a spus că i se părea artificială.

Au mers în direcția opusă celei în care mersesem eu înainte. Eu i-am urmat îndeaproape. Am mers o bună bucată de vreme, ascultând cu atenție liniștea. „De ce i-ați spus gol?"

„Glumea doar", a spus Jessie. „Vidul este ceea ce se numește așa ceva în lumea jocurilor sau a realității virtuale. Nu suntem încă siguri ce este, dar simțim că această lume este lumea din care provine obiectul vostru."

„De fapt", a adăugat Alex. „Obiectul acela ar fi camuflat aici, ca un cameleon."

Am auzit un fluierat puternic. Interesant de observat că puteam auzi sunete din interiorul casei mele în acest alt loc. Alex și Jessie nu au reacționat la sunet în timp ce eu m-am întors la intrare și am intrat direct. Băieții erau pe urmele mele, dar nu au intrat. Mi-am băgat mâna în gol (în lipsa unui cuvânt mai bun) și apoi am tras-o înapoi. Era plin cu o substanță verde gelatinoasă. Am intrat din nou cu ambele mâini, căutându-i cu disperare pe Jessie și Alex. Le-am strigat numele prin perete și chiar am încercat să mă împing din nou prin el, dar n-am avut noroc.

Jasper a șoptit tare.

„Adu-i aici Jasper, cred că avem nevoie de ajutorul lor — ACUM."

***

Sam și Dean ai noștri erau doi băieți tineri, abia mai mari decât Jasper. Erau încărcați cu echipament în timp ce coborau scările. Cel mai înalt dintre cei doi avea părul blond și se numea Bert (prescurtarea de la Albert), iar al doilea tânăr, care avea o tunsoare în stil militar, se numea Leo (prescurtarea de la Galileo.)

După ce am schimbat câteva amabilități, i-am explicat despre agenții dispăruți și despre vid.

Leo a vorbit la un microfon pe care îl avea pe telefon. A descris obiectul, inclusiv mărimea şi dimensiunile. Mi-a cerut să explic cum funcţionează vidul.

Bert s-a apropiat de obiectul verde pentru o privire mai atentă. A întins mâna şi a atins obiectul înainte ca eu să-l pot opri. „Este foarte tare", a spus el. „Mă refer la temperatură. Având în vedere descrierea lui Jasper de mai devreme, aş spune că ceva s-a scurtcircuitat."

L-am atins şi eu; se simţea excepţional de neted şi rece. Am căutat perechea de ochi, fără succes. M-am întrebat despre umbre şi l-am rugat pe Jasper să urce scările, ca să pot verifica. Nimic. Bert şi Leo mă priveau cu atenţie.

„Cred că oricine deţine chestia asta trebuie să aibă o rază tractoare pe ea."

„Ar trebui să spunem, a avut o rază tractoare pe el", a spus Bert. „Pentru că pare să se fi defectat."

„Pot să cobor acum?" A întrebat Jasper.

Mi-am cerut scuze pentru că am uitat de el.

„Tipii de pe partea cealaltă, cum îi cheamă?" a întrebat Leo. I-am strigat. Nimic.

„Deci, chestia cu raza tractoare", am spus eu, "nu mai funcţionează, deci cum o reparăm? Şi dacă o reparăm, vor putea să o înfăşoare din nou?"

„Dacă am putea face golul să se deschidă, apoi să împingem obiectul prin el", a spus Leo.

„Şi să-i aducem pe băieţi înapoi", a adăugat Jasper.

Tot aş fi avut o gaură imensă în acoperiş, dar măcar atunci aş fi putut să o repar.

Împreună, noi patru am stat pe o parte a obiectului. „Număr până la trei", a spus Bert, şi l-am împins cu tot ce aveam.

„A fost o idee inteligentă", a spus Bert când nu am reuşit să-l deplasăm nici măcar o iotă. A ezitat o clipă şi apoi a întrebat: „Când eraţi pe partea cealaltă, aţi simţit vreun pericol?"

M-am gândit la asta. Nu am simţit şi am spus-o. „Un singur lucru", am recunoscut. „Jasper, acest lucru va fi un şoc pentru tine. Speram să-ţi spun în particular."

I-am explicat despre dansul cu soţul meu. Îngrijorată, l-am întrebat pe Jasper ce părere are despre asta. A spus că şi-ar fi dorit să fi fost acolo cu mine.

„A întrebat de mine?"

Mi-aş fi dorit să o fi făcut, dar nu a făcut-o. Totul s-a întâmplat atât de repede.

„Lasă-mă să clarific un lucru", m-a întrerupt Alex. „Nu a fost soţul tău. A fost o manifestare a soţului tău. Fiinţele supranaturale pot citi gândurile, unele pot conjura spirite şi chiar să îi reproducă pe cei vii."

„Dar el părea real, chiar mirosea real."

„Exact asta vor ei să crezi", a spus Leo.

Afară am auzit cauciucurile maşinilor oprindu-se brusc.

„S-au întors", am spus în timp ce ne îndreptam spre uşa din faţă.

„La naiba", au spus Leo şi Bert. „Avem dreptul să fim aici. Nu plecăm nicăieri."

Am deschis uşa.

Am rămas ferm pe loc, cu un puternic sentiment de scop și determinare că nu vom fi mutați.

***

De data aceasta, în fruntea haitei nu a fost Charlotte. În schimb, a fost președintele.

Era mai înalt decât toți ceilalți, îmbrăcat într-un palton gros care era accentuat de o pereche de mănuși de piele. Gărzile sale de corp se țineau aproape, vorbeau la microfoane și erau vizibile.

„Domnule președinte", am spus cu o reverență. El mi-a întins mâna fără mănuși. L-am prezentat lui Jasper, apoi lui Bert și Leo. „Bine ați venit la mine acasă, domnule președinte."

Și-a înclinat capul, a intrat și a întrebat: „Deci, pe unde au trecut?"

De unde știa el? Mi-au pus microfoane în casă? Eram enervat și am spus-o.

Charlotte a venit în față cu telefonul întins și a apăsat play. Pe telefonul ei era un mesaj de la Jessie și Alex.

„Sfinte Sisoe!" a exclamat Bert.

„De ce nu ne-am gândit la asta?" a întrebat Leo.

„Nu v-ați gândi acum, nu-i așa?" a spus Charlotte cu o aroganță nepotrivită despre care sprâncenele ridicate ale președintelui indicau că nu era încântat.

„Urmați-mă", am spus și i-am condus în subsol.

„Stați puțin", a spus președintele. „Cum se face că chestia asta nu mai emite căldură?" S-a întors spre Charlotte. „Am crezut că ai spus că este fierbinte".

Charlotte şi-a dat seama că preşedintele avea dreptate şi a cerut o actualizare.

„Se pare că s-a întâmplat când băieţii au intrat în vid", am oferit eu.

„Sună-i din nou", a ordonat preşedintele, Charlotte a încercat, dar nu au răspuns.

Bert i-a spus preşedintelui: „Tocmai ne gândeam la posibilitatea de a rostogoli chestia asta de aici, acum că s-a răcit. Dacă reuşim să deschidem golul şi să îi facem pe băieţi să intre şi să o scoată, ar putea fi considerat un schimb de bunăvoinţă."

„Pentru cine?", a întrebat preşedintele.

„Către oricine l-a trimis aici", a spus Leo.

„Vă rog să-mi spuneţi mai multe", spuse preşedintele şi, în curând, Charlotte şi anturajul ei se adunaseră în jur şi ascultau.

„Credem", a spus Leo, ”că cel căruia îi aparţine acest lucru trebuie să fi avut o rază tractoare pe el. Credem că raza tractoare a funcţionat defectuos — dar, în orice caz, trebuie să îi scoatem pe cei doi tipi de acolo înainte să se pornească din nou."

Preşedintele a strâns mâna lui Leo şi a lui Bert. Se întoarse spre Charlotte. „Angajează-i pe cei doi."

Băieţii au fost flataţi, dar i-au refuzat oferta, apoi i-au explicat experienţele lor trecute cu supranaturalul, ocultul şi extraterestrul. I-au povestit preşedintelui despre cele peste cinci milioane de vizualizări pe YouTube şi milioanele de urmăritori pe reţelele de socializare.

„Ei bine, asta este foarte impresionant", a spus președintele. Și-a băgat mâna în buzunar, a scos două cărți de vizită și le-a dat băieților. Ei, la rândul lor, i-au dat cărțile lor de vizită.

„Acum să trecem la subiectul în cauză", a spus președintele. „Cum să ne aducem băieții înapoi și pronto."

M-am sprijinit de perete, așa cum mai făcusem și înainte și am sperat să trec, dar de data aceasta nu a mers.

***

Am reușit să mișcăm ușor obiectul verde, astfel încât să fie în poziție dacă golul se deschidea.

„Tot ce putem face acum este să așteptăm", a spus președintele. Apoi a chemat-o pe Charlotte, ne-a mulțumit pentru că am fost cetățeni remarcabili și a făcut o moțiune de plecare.

„Pot să vă cer o favoare?" a spus Bert.

„Sigur", a spus președintele.

„Putem să ne facem un selfie pentru site-ul nostru?"

Președintele a spus: „Nicio problemă" și au făcut câteva.

Am urcat la etaj și am așteptat un semn. Orice semn.

***

Ziua s-a transformat în noapte.

Afară, vântul șuiera și zdrăngănea țiglele de parcă ar fi făcut o cursă împotriva lui însuși. Am închis ochii, am tremurat, m-am uitat în sus prin gaura din tavan și am zărit o rază de lumină în noaptea înstelată, înstelată.

Am oftat și în curând toată lumea stătea lângă mine și se uita în sus.

„Uau!" a exclamat Leo. „Cred că e raza tractoare."

„Vorbeşte despre transportă-mă sus Scotty!" a spus Bert.

Raza tractoare a coborât, a şerpuit prin gaură, a coborât în subsol unde s-a agăţat de obiectul verde. Raza tractoare era şi ea verde, dar strălucea şi tremura în timp ce se întindea şi apuca obiectul.

Odată ce a prins-o bine, a părut că se opreşte, apoi a pornit motoarele. Sunetul a fost asurzitor şi ne-am acoperit cu toţii urechile, în timp ce a ridicat obiectul mai întâi de pe perete şi apoi încet, dar constant, spre cer.

Nu ne puteam lua ochii de la el. Am fi putut fi în pericol — şi totuşi nu ne-am putut uita în altă parte. Se ridica din ce în ce mai sus şi ajungea pe cerul nopţii. Am ieşit afară, ca să vedem mai mult din ceea ce se afla la celălalt capăt, dar din toate perspectivele nu se vedea nimic, cu excepţia razei unei linii verzi care ducea obiectul departe.

După ce a dispărut complet, atât de sus încât era invizibil cu ochiul liber, am rămas împreună stând în tăcere până când am spus: „Bine, obiectul a dispărut, dar ce vom face cu Alex şi Jessie? Ei sunt încă prinşi în vid."

„Cred că avem nevoie de un plan B", a spus Leo.

„Vă lăsăm pe voi să vă ocupaţi de asta", a spus Charlotte în timp ce a apăsat pe apelarea rapidă a telefonului şi l-a informat pe preşedinte, apoi a declarat cazul închis. „Nu există probleme de securitate aici şi nici extratereştri." Ea şi anturajul ei au împachetat şi s-au îndreptat spre vehiculele lor.

„Aşteptaţi un minut!" Am strigat. „Nici măcar nu-ţi pasă de oamenii tăi?"

„Pagube colaterale", a spus Charlotte în timp ce trântea portiera mașinii sale. Au plecat cu mașina.

„Cred că depinde de noi", am spus.

Bert și Leo s-au uitat unul la celălalt.

Bert a spus: „Îmi pare rău, dar nu știm ce să facem sau cum să îi aducem înapoi. O să plecăm și noi, să dormim puțin. Vă sunăm dimineață dacă ne gândim la ceva."

Jasper și cu mine nu eram amuzați. Acum că obiectul dispăruse, toată lumea pleca. Abandonându-ne.

Jasper s-a dus în camera lui, iar eu am intrat în pijama, gândindu-mă mereu la bărbații dispăruți. Am încercat să-mi distrag atenția citind un roman polițist, dar misterul de sub propriul meu acoperiș îmi cerea atenția. După două ore de zvârcoliri, m-am ridicat să-mi fac o ceașcă de ceai.

Mi-aș fi pus halatul de casă dacă aș fi știut că vor veni musafiri.

***

Sorbind ceaiul, întrebându-mă cum aș putea rezolva dilema, am privit stelele, în timp ce o lacrimă mi se prelingea pe obraz. Doi bărbați erau pierduți undeva în vid, fără familie, fără prieteni, fără țară. Au fost cetățeni curajoși. Meritau ceva mai bun.

Am luat un biscuit cu ciocolată și mă pregăteam să mușc când am observat o stea verde strălucitoare. O stea verde? Mi-am frecat ochii, dar era încă acolo, făcându-mi cu ochiul. Am ieșit afară, ca să văd cerul de noapte în întregime.

Nu era o stea.

Se mișca, cădea repede în direcția mea, devenind din ce în ce mai mare.

„O, nu!" Am strigat la nimeni. Apoi l-am chemat pe Jasper, iar el a ieșit în fugă. Am arătat în sus, în timp ce mă gândeam la o mișcare rapidă dacă trebuia să scăpăm din calea lui.

Pe măsură ce distanța dintre ei și noi se micșora, nu ne-am putut stăpâni entuziasmul și am sărit în sus de bucurie când chestia s-a oprit și acolo erau ei.

Două umbrele negre s-au deschis, Alex și Jessie au apucat fiecare câte una și a început coborârea lor spre noi. Purtând costume dintr-un material reflectorizant, Alex și Jessie au căzut ușor spre noi.

După ce au aterizat ușor, cei doi au băgat mâna în costum și au scos două sticle verzi. După ce au deschis capacul, au băut conținutul. Au ieșit din costume, dezvăluind hainele în care plecaseră. Au strecurat sticlele înapoi înăuntru și le-au atașat de umbrele.

Raza tractoare s-a fixat pe umbrele și pe costume. Am făcut cu mâna în timp ce obiectele erau trase spre cer și am privit până când nu le-am mai putut vedea.

„Bine ați revenit!" am exclamat eu și Jasper.

„Aș putea ucide o ceașcă de ceai!" a spus Alex.

„Aș prefera o dușcă de whisky", a spus Jessie.

„Cine erau ei?" Am întrebat eu. „Sau ar trebui să spun CE au fost?"

„Toate la timpul potrivit", au spus la unison cei doi eroi întorși. „Dar mai întâi trebuie să mâncăm biscuiți și băuturi."

Ei s-au adaptat la faptul că s-au întors, în timp ce eu am aranjat farfuriile. Am stat împreună la masă, sorbind. Așteptând. Ei nu aveau nimic de spus. Nici o întrebare pentru noi, chiar dacă obiectul verde masiv nu mai era în casa mea.

Răbdarea mea începea să se subțieze, așa că i-am rugat să ne spună ce s-a întâmplat.

„A fost o vacanță scurtă", a spus Alex.

„Da, o vacanță plătită", a spus Jessie.

Eu m-am ridicat în picioare. „Ce vreți să spuneți? Unde ați fost? Cine te-a avut? Ai fost întemnițat? Cum erau ei? Cum i-ai convins să te trimită înapoi?" M-am așezat din nou.

Jasper a continuat: „Și ce era chestia aia verde? De ce era aici? A luat cineva bătaie pentru că a scăpat-o?"

Bărbații se uitau unii la alții cu fețe inexpresive. Habar n-aveau despre ce vorbeam. Vorbind despre clueless.

„Mamă, cred că extratereștrii le-au șters mințile."

„De acord. Vorbim despre o tabula rasa."

Nu mai puteam spune sau face nimic altceva, decât să mergem la culcare. Jessie s-a așezat pe canapea, Alex pe scaunul La-Z-Boy.

Alex a sărit în sus. „Oh, înainte să uit."

Jessie a sărit și ea. „Da, avem ceva pentru tine."

Jasper și cu mine ne-am uitat unul la altul, de parcă ar fi fost împinși sau șocați.

Jessie a scos din buzunar o cutie verde strălucitoare. A ondulat când am luat-o în mână și am simțit-o foarte rece. Am deschis-o și am tresărit. Înăuntru era Medalia Sfântul Cristofor a soțului meu. Cea pe care i-o dăruisem la prima noastră aniversare de nuntă.

Alex i-a înmânat un obiect similar lui Jasper. Înăuntru era ceasul tatălui său. Jasper l-a pus direct pe încheietura mâinii. „A spus ceva despre mine?"

Alex a spus: „Vă vede în fiecare zi, pe amândoi. Este adevărat ce se spune, cei pe care îi iubim nu sunt niciodată departe de noi."

Atât Alex cât și Jessie au sărit de data aceasta la unison. „Trebuie să plecăm."

„Acum ce facem?" Am întrebat. „Sunteți în regulă?"

„Da", au spus împreună. „Avem ceva de livrat președintelui. Acum."

O mașină a oprit afară și au plecat.

***

„Trebuie să i-o ducem chiar noi", au cerut Jessie și Alex.

Era în toiul nopții, dar președintele a fost de acord să îi primească.

Când au intrat în Biroul Oval, președintele era așezat și purta halatul său de mătase.

„Ce aveți voi doi pentru mine?", a întrebat președintele.

Jessie și Alex i-au prezentat împreună obiectul. Era un nasture verde extrem de mare. Pe el erau scrise următoarele cuvinte: „PUSH ME. FĂ-O."

„Ce se va întâmpla?", a întrebat președintele.

„Nu știm."

„Trebuie să întreb pe cineva, pe unul dintre consilierii mei. Nu pot doar..."

„Dar tu ești președintele", a spus Jessie.

„Da, poți face orice, nu-i așa?"

Președintele a pus butonul verde pe biroul său, lângă butonul roșu. Împreună arătau destul de creștinește.

Jessie și Alex au spus: „Afară. Afară. Afară.”

„Bine, băieți, bine”, a spus președintele. „Să mergem.”

Odată ajunși afară, președintele abia aștepta să apese pe buton și așa a făcut.

Cerul s-a transformat din albastru în verde în timp ce o rază tractoare a acoperit țara de la o coastă la alta, ridicând fiecare AR-15.

EPILOG

Departe, foarte departe, pe planeta cu cer verde și pământ verde, dar unde copacii nu erau decât trunchiuri, extratereștrii au refolosit materialele pământești pe care le adunaseră.

AR-15-urile au fost transformate în ramuri.

Sticlele au fost agățate de crengi și au fluierat în vânt.

Umbrelele ofereau protecție împotriva ploii și a soarelui.

De fiecare dată când extratereștrii aveau nevoie de mai multe AR-15, aprindeau butonul, iar președinții îl apăsau întotdeauna.

DARRYL ȘI EU

ÎN ACEEAȘI ZI ÎN care am aflat că sunt însărcinată, soțul meu a murit.

Sunt într-o zonă de război. Nu sunt singură. Copilul meu este cu mine, în mine.

Îmi încrucișez brațele peste copilul meu, protejându-l în timp ce merg pe stradă, în timp ce bombele explodcază în jurul nostru. Încerc să găsesc un adăpost pentru noi, dar bombele sunt din ce în ce mai aproape.

Sunt pierdută, dar nu mi-e frică. Copilul meu îmi lovește mâna pentru a se liniști. Ne unim în timp ce restul lumii explodează.

Mă opresc și mă uit la mine într-o oglindă din centrul străzii. Port o rochie roșu aprins cu pantofi roșii asortați și ciorapi negri. Îmi aranjez părul cu degetele, caut în geantă niște rujuri. Îmi las amprenta unui sărut pe sticlă, apoi îmi arunc capul pe spate și fac un selfie. Îl postez pe Instagram. Sau încerc. Nu sunt sigură dacă am suficiente bare.

Aud o sirenă ţipând. Vine în direcţia mea. Se îndreaptă spre oglindă. Mă întind să o prind, dar o mână o apucă pe a mea. Eu ţip. Sirena strigă.

„Du-te înăuntru. Eşti nebună? Intră!", spune şoferul ambulanţei într-o limbă pe care nu o cunosc sau nu o înţeleg. Din fericire, există subtitrări.

Ezit înainte să urc în maşină. Trebuie să-l găsesc pe Darryl. Darryl este pe aici pe undeva şi copilul nostru are nevoie de tatăl său. Darryl mă caută pe mine şi noi îl căutăm pe el. Copilul nostru este magnetul. Radarul. GPS-ul.

Îmi arunc capul pe spate şi îi strig numele tare şi clar: „Darryl!" Ascult şi apoi strig din nou. Îi strig numele şi ascult. Şoferul ambulanţei spune că sunt nebună şi dă cu maşina în marşarier.

Ambulanţa loveşte oglinda şi o bombă explodează. Bucăţile zboară peste tot.

Este foarte mult sânge pe bucăţile de sticlă.

Mă trezesc şi ţip.

***

Am avut acelaşi vis în fiecare noapte după ce Darryl a murit. Tot retrăiam cum s-a întâmplat, chiar dacă nu eram acolo. A fost o operaţiune de rutină ca parte a Forţei de menţinere a păcii a Naţiunilor Unite.

Este un mecanism de adaptare, acest vis, această trăire. Încercând să-l găsesc pe bărbatul pe care-l iubesc când l-am înmormântat. Înmormântarea a fost frumoasă. Am fost atât de mândră de Darryl. Şi-a dat viaţa pentru cauză şi am înţeles. Îl admir pentru dedicarea sa, pentru că asta l-a făcut un om mai bun.

Au drapat steagul peste sicriul lui. Am aruncat două mâini de pământ în pământ, apoi am căzut în genunchi plângând. Mama și alții, inclusiv prietenii mei, au încercat să mă ajute, dar i-am alungat urlând. Voiam să fiu singură cu Darryl. Am vrut să-i spun despre copil.

Copilul nostru.

Nu aveam de gând să plec până nu aveam ocazia să îmi iau rămas bun. M-am întins lângă mormântul deschis pe burtă, sprijinindu-mi capul pe brațe. I-am spus cât de mult îl iubeam și mi-am luat rămas bun înainte de a-i trimite un sărut și de a mă ridica în picioare.

Mama era lângă mine, la fel și Moni atunci. Fiecare mi-a luat unul dintre brațe și m-a tras din nou laolaltă. Ne-am îndreptat spre mașină.

Pe drumul spre casă, am simțit prezența lui Darryl. Brațele lui m-au înfășurat în jurul meu. Părul mi s-a ridicat pe antebrațe, îl puteam mirosi. Îl puteam simți.

Apoi, el a dispărut.

Acasă, în spatele ușii, mă aștepta o cutie de formă alungită cu o fundă în mijloc. Am vrut să întreb ce caută acolo, dar tristețea din cameră m-a măturat. Am plutit de la o persoană la alta, preluând clișeele lor de genul „îmi pare atât de rău" și „se va îmbunătăți în timp". Prostiile obișnuite de după înmormântare.

După ce au plecat, m-am simțit goală.

Mama m-a băgat în pat, așa cum obișnuia să facă când eram mică.

După ce a închis uşa în urma ei, am ridicat pumnii strânşi spre ceruri pentru că l-au luat pe Darryl.

Apoi am căzut în genunchi în semn de recunoştinţă pentru copilul nostru care creştea în mine.

***

Mă trezesc uitându-mă la spaţiul gol de lângă mine, ştergându-mi saliva din colţul gurii. Sună soneria. Arunc cuvertura înapoi şi păşesc pe podea. Înainte să reuşesc să ies din camera noastră, mama mea de cameră zboară spre mine cu braţele larg deschise.

Trebuie să îi cer cheia înapoi.

„Am fost atât de îngrijorată", spune ea, îmbrăţişându-mă, strângându-mă şi făcându-mă să mă simt din nou ca o fetiţă. Se dă înapoi şi se uită la faţa mea.

Îmi împing părul în spatele urechii stângi şi încerc să zâmbesc. Mă îndrept în direcţia bucătăriei şi, când ajung acolo, umplu cafetiera cu apă. Deschid maşina de spălat vase pentru a mă ţine ocupată în timp ce aparatul de cafea scuipă în spatele meu. Mama închide uşa maşinii de spălat vase, apasă pe butoanele necesare şi mă sprijină pe un scaun unde nu-mi dă altă alternativă decât să mă aşez.

Ea stă pe scaunul lui Darryl, iar eu nu stau pe scaunul nimănui. Când îşi dă seama, se mută pe celălalt scaun al nimănui. Ea sare în picioare înaintea mea şi toarnă cafeaua. Eu adaug smântână şi zahăr în a mea şi sorb. O înghiţitură e suficientă. Alerg la baie. Am uitat că cafeaua a declanşat greţurile matinale pentru câteva dintre prietenele mele.

Când mă întorc în bucătărie, mama a făcut o ceaşcă de ceai de muşeţel decofeinizat. Este menit să mă calmeze.

Stau şi sorb din băutura amară şi fierbinte şi o privesc pe mama cum se mişcă prin bucătărie ca o persoană în misiune. „Îţi fac nişte pâine prăjită", spune ea în timp ce aceasta apare aproape la momentul potrivit. Mama foloseşte cuţitul pentru a desface crusta, o altă amintire de când eram mică. Apoi unge cu unt şi se întoarce să se uite la mine.

Mama adaugă nişte gem de căpşuni şi se duce la frigider. Scoate blocul de brânză pe care îl toacă peste pâinea mea prăjită. O pune din nou deasupra prăjitorului de pâine (cu partea cu gem şi brânză în sus.) Apasă butonul în jos pentru a lăsa pâinea prăjită să se încălzească timp de câteva secunde.

Acesta este un alt ritual din copilăria mea şi îi sunt recunoscătoare că este aici.

Mama taie pâinea prăjită în triunghiuri şi nu-mi vine să cred ce gust minunat are când muşc din ea. Mănânc ambele felii, apoi mai sorb din ceai, care nu mai are gustul atât de amar de când a pus câteva picături de miere. Ea crede că nu am observat... O iau pe mama de mână şi îi mulţumesc încă o dată.

Bebeluşului nu-i mai este foame.

Mama bebeluşului nu mai este confortabil amorţită.

Bunica copilului nu se mai simte inutilă.

Mama face curăţenie, lălăind despre asta şi asta. O ascult fără să apreciez eforturile ei de a distrage atenţia. Îi permit să creadă că tacticile ei de distragere a atenţiei funcţionează. Sinceră să fiu, nu pot ține pasul cu gândirea și ritmul ei. Am impresia că o ascult de sub apă.

Ea râde. Eu sar. Mă întorc de oriunde mi-a călătorit mintea. Am plecat undeva într-o clipită. M-am simțit plecând.

Eram o fetiță, mă ascundeam sub scări. Apoi am urcat scările și am intrat în dulap, unde era foarte întuneric. Mânecile de la cămașa tatălui meu se mișcau. Am fugit afară, dându-mi de gol ascunzătoarea. Am fost prinsă.

„Îmi amintesc momentul", spune mama, aducându-mă înapoi în prezent. E ca și cum mi-ar spune povestea pentru prima dată. „Obișnuiai să ascunzi crustele când erai mică. Înainte să încep să le zdrobesc cu un cuțit, le găseam în buzunare, în ghivece. Ah, cele din ghivece. Astea înghițeau apa, omorând unele dintre plante înainte să ne dăm seama ce făceai."

„Ucideam plantele", mimez eu.

Ea vine la mine, îngenunchează și mă întreabă: „Ești bine, iubire?"

Aproape că râd la întrebarea ei ridicolă, dar mă rețin înainte să o fac, înainte să spun: „NU, NU SUNT NICIODATĂ ÎNTOARCEREA." Darryl. Iisuse Darryl. Împing scaunul înapoi, creând spațiu între mine și mama și mă ridic în picioare. Sunt ca un zombie. Totuși, nu am nevoie să mă hrănesc cu carne de om. Îl vreau pe Darryl. Zâmbesc când îmi repet în minte nevoia de a mă hrăni, nevoia de a mă hrăni, nevoia de a mă hrăni din nou.

Acum că sunt în picioare, ar trebui să mă mișc. Picioarele mele ar vrea să meargă undeva, oriunde, și totuși mă trezesc făcând exact opusul. Mă aşez din nou jos. Mama face la fel. Îşi savurează ceaşca de cafea, probabil rece ca gheaţa până acum.

Eu mă ridic şi spun: „Sunt obosită", deşi abia m-am trezit, ştiu asta. Ea ştie asta. Dar nu-mi pasă. Mă întorc în camera noastră, camera mea, cu mama în urma mea. Când mă ajunge din urmă, îşi pune mâna dreaptă pe şoldul meu de parcă ar trebui să mă ghideze. Ca şi cum m-aş putea rătăci pe drum.

Acum, la uşă, mă întorc şi mă uit la ea. Are lacrimi în ochi, dar nu se revarsă. Ştie cum e să pierzi un soţ pentru că şi ea l-a pierdut pe tata, dar nu e acelaşi lucru. Au avut o viaţă întreagă împreună. S-au avut unul pe celălalt timp de 37 de ani înainte ca tata să moară. Noi am fost căsătoriţi doar doi ani şi jumătate. Darryl nu-şi va vedea niciodată fiul sau fiica. Vreau să spun asta, dar nu o fac.

Cred că ea ştie la ce mă gândesc, deşi nu ştiu sigur. E chestia aia cu osmoza mamă-fiică. Mă sărută pe frunte în timp ce mă bagă în pat. Iese şi închide uşa în urma ei.

Mă dau jos din pat din nou, mă duc la oglindă şi mă uit la mine. În patruzeci şi opt de ore, am îmbătrânit cu zece ani. Deşi am dormit în cea mai mare parte a timpului, pungile de sub ochii mei sunt uriaşe. Se pare că am plâns tot timpul, dar adevărul este că deja nu mai am lacrimi. Chipul meu nu mai arată ca mine. Sunt un străin, chiar şi pentru mine însumi.

Rulez puţină apă şi mi-o stropesc pe faţă înainte de a înmuia apă caldă într-o cârpă de faţă, a lui Darryl. O ţin peste mine ca să îl inspir.

Găsesc prosopul lui de baie, mă dezbrac şi îl înfăşor în jurul meu. Mă învăluie şi mă încălzeşte ca şi cum aş fi în braţele lui. Stau aşa timp de o veşnicie. Ca şi cum el m-ar ţine în braţe. Nu curg lacrimi. Nu mai sunt lacrimi de plâns. E ca şi cum Darryl ne înfăşoară în jurul lui. Ne ţine împreună, noi trei, Darryl, copilul şi cu mine.

Bătaia mamei în uşă mă aduce înapoi în prezent. Cred că am adormit. Mă ridic prea repede când uşa se deschide brusc. Prosopul lui Darryl loveşte podeaua.

Mama şi vecina intră în cameră, iar eu apuc la timp prosopul lui Darryl şi îmi ascund goliciunea. Încep să chicotesc şi nu mă pot opri.

Mama şi vecina par îngrijorate. Vecinei îi ies ochii din cap. În curând, îi vor chema pe bărbaţii cu jachete albe să vină să mă ia dacă nu mă controlez.

***

Este ziua nunţii mele şi merg la altar la braţul tatălui meu într-o biserică măreaţă. Ştiu că visez pentru că tata nu m-a condus niciodată la altar. Era deja mort când eu şi Darryl ne-am căsătorit, iar Darryl şi cu mine nu ne-am căsătorit într-o biserică. Cântecul nostru este „Your Song" al lui Elton John. Adică, a fost cântecul meu şi al lui Darryl. De fapt, am preferat versiunea lui Ewan McGregor, deoarece ne plăcea Moulin Rouge.

Tata şi cu mine îi salutăm pe cei pe care îi vedem pe drum. Bunica Eleanor, care a murit de când eram mică, îmi suflă un sărut. Iau o floare din buchetul meu. Baby's breath, preferata ei. I-o dăruiesc.

Ea zâmbeşte, iar o lacrimă îi cade pe obraz.

De cealaltă parte a culoarului, este verişoara mea, Ruth. Ea şi cu mine am fost foarte apropiate când eram copii. Acum, ne vedem rar. Mă aştept să se gândească exact la acelaşi lucru ca mine în timp ce trec pe lângă ea. Notă pentru mine: invit-o la cină cât de curând.

Mai sunt doi fraţi mai mici ai lui Darryl, Dale şi Donny. Părinţii lor aveau o chestie cu litera D. Notă pentru mine: să nu continui cu tradiţia respectivă.

O văd pe cealaltă bunică a mea, mama mamei mele. Ea nu a ajuns la nunta noastră. Ea şi mama se ţin de mână, iar eu mă desprind de tata pentru câteva secunde pentru a le îmbrăţişa pe amândouă. Genunchii mi se îndoaie puţin când bunica se întinde, îmi ia mâna în a ei şi lasă ceva în ea. Instinctiv, îmi strâng degetele în jurul lui; chiar dacă nu văd ce este, simt că este o cheie. Tata îmi trage braţul în al lui şi ne întoarcem pe drumul nostru spre altar.

Domnişoarele mele de onoare, Trish şi Moni (prescurtarea de la Monique) sunt acum aproape de mine. Arată uimitor în rochiile lor albe vechi, dar stai, eu am fost cea care a purtat alb vechi.

Tata mă întoarce, îmi ia mâna de pe braţul lui şi o înfăşoară în jurul celei a lui Darryl. Mă întorc să mă uit la viitorul meu soţ, dar nu este Darryl. Ei bine, odată a fost Darryl, dar acum nu mai este. El e mort. Este un cadavru în putrefacţie.

Ţip în timp ce mâzga verde îi curge din buze când încearcă să zâmbească. Nu sunt singura care ţipă.

Toată lumea ţipă.

Totul ţipă - chiar şi maşinile.

Îmi deschid mâna.

Înghit cheia.

Bucăţi de sticlă se sparg peste tot.

***

Îmi deschid ochii. Nu sunt acasă, ci în spital. Aud tic-tac, bătăi de inimă. Bipuri. Șoapte. Închid ochii din nou. Mă prefac că dorm.

„Nicio schimbare."

„Nu pot renunța."

„Cum rămâne cu copilul?"

Copilul. Aceste două cuvinte mă readuc la realitate și încerc să mă ridic și descopăr că nu pot.

Când nu-mi pot mișca mâinile sau picioarele, țip. Mă agăț de stomac, de bebelușul meu, de micuțul nostru, și descopăr că burtica este mai mare acum. Cât timp am dormit?

„Mamă?"

„Oh, dragă! Dragă", spune ea. „O să fii bine", spune ea, dar eu nu o cred. Nici măcar un cuvânt.

„Cât timp am fost aici?" întreb, iar capul meu este ca o cameră cu ecou în timp ce cuvintele reverberează în interiorul craniului meu.

Ea mă îmbrățișează și mă ține în brațe în loc să-mi răspundă. Când mă îndepărtez, îmi ține capul în mână și se uită în ochii mei ca și cum ar încerca să mă găsească.

Încerc să nu clipesc, dar nu mă pot opri. Nu urăști când se întâmplă asta? De îndată ce încerci să nu faci ceva, corpul tău te trădează și te face să faci și mai mult.

Ea nu spune nimic. Crede că nu pot suporta adevărul. Vocea din capul meu este cea a lui Jack Nicholson din *A Few Good Men*. Darryl iubea filmul ăsta. Ne-am uitat la el de atâtea ori încât am pierdut numărătoarea.

„Vreau să știu", mă aud spunând, dar la felul în care se uită la mine, nu sunt sigur dacă am spus-o cu voce tare sau în mintea mea. Încerc din nou, de data asta puțin mai tare și ea reacționează.

„Lasă-mă pe mine", spune ea și apoi pleacă, întorcându-se în câteva momente cu cineva pe care nu-l recunosc. Cei doi se mișcă prin cameră de parcă ar delimita o scenă pentru o piesă de teatru. Șoptesc, apoi se uită la mine și mai șoptesc.

Cât de nepoliticos.

Eu aștept, ca și cum aș fi invizibilă și încerc să nu explodez.

Străinul îmi înfige un ac în braț și plec, gândindu-mă că personalul spitalicesc în haine de stradă ar trebui scos în afara legii.

Visez din nou că merg pe stradă, căutându-l pe Darryl în timp ce bombele explodează.

***

Umflătura de pe mine este și mai mare acum. De fapt, mult mai mare. Când copilul se mișcă, văd bucăți din el sau ea prin pielea mea. Membre care lasă amprente, cum ar fi întoarcerea mea pe dos, în timp ce copilul nostru se împinge împotriva pereților stomacului meu.

Nu mai sunt la spital. Sunt acasă, așezată în camera copilului, legănată într-un scaun de alăptat care nu se leagănă în sensul obișnuit al cuvântului. În schimb, alunecă.

Oile adormite, cu zzzs în jurul capului, sunt aliniate pe pereți și așteaptă să fie numărate. Încep să număr, apoi zâmbesc, uitându-mă la pătuț. Timpul stă pe loc, trebuie să stea, pentru că nimic nu se întâmplă aici, azi, acum.

Mă ridic de pe scaun, pe jumătate trează şi pe jumătate adormită. Ating mobilul şi acesta începe să sune Frere Jacques. Cânt, în timp ce iau o pătură cu o oaie pe ea.

Îndoi pătura din ce în ce mai mică, până când devine un pătrat minuscul. Apoi, o pun înapoi în pătuţ şi mă văd în oglinda din colţ.

O parte din oglindă este vizibilă şi o parte nu este vizibilă pentru că ceva o acoperă. Mă apropii mai mult, ridic scutul de praf pentru a descoperi o comoară care se află în familia mea de zeci de ani. O moştenire de familie moştenită de la mama mamei mamei mamei mele.

Rama este rece la atingere când îmi trec degetele de-a lungul ei. Este din lemn şi gravată cu perechi de mâini împletite. Amprentele degetelor împletite sunt şi mai reci la atingere. Îmi apropii corpul până când burtica mea de bebeluş se împinge de geam. Nu-l atinge. Trece prin el. Pe măsură ce mă apropii din ce în ce mai mult, cucuiul meu dispare în el.

Fac un pas înapoi şi cucuiul meu se deconectează cu un sunet de supt. Bebeluşul meu loveşte şi loveşte din nou în timp ce mă îndepărtez de oglindă şi mă întorc la scaunul în care am început. Pe măsură ce mă aşez, mobilul reporneşte şi începem să alunecăm în ton cu el.

Copilul meu se linişteşte şi noi dormim.

***

„Trezeşte-te, Cath", spune Darryl.

Mă rostogolesc spre el şi mă cuibăresc în el. Copilul se izbeşte între noi. Nu ne mai putem apropia la fel de mult ca înainte, dar suntem mai apropiaţi pe multe alte planuri.

Alarma sună şi eu mă agăţ de perna lui Darryl, nu de el. Copilul meu dă din picioare şi mă dau jos din pat pentru a mă plimba pe coridor, semi-trezită, până la baie, unde mă duc la toaletă. Dau drumul la apă, intru în duş şi las apa să curgă peste mine.

Copilului meu îi place apa şi rămânem acolo până când apa fierbinte se termină şi se transformă în apă rece. Mi-e foame acum, îmi pun halatul şi cobor scările în timp ce mama intră pe uşa din faţă. Probabil că a sunat la sonerie când eram la duş. Notă pentru mine: roag-o pe mama să-mi dea cheia înapoi.

„Am adus cadouri", spune ea. Aruncă o cutie întreagă de gogoşi cu gheaţă pe masă; gogoşile sunt încă calde şi miros ca raiul. Eu îmi bag una în gură, iar ea una în a ei. Ne îmbrăţişăm şi mai mâncăm o gogoaşă înainte să ne hotărâm să facem un ceai.

Bebeluşul meu dă un şut de mulţumire, iar mama îl simte şi ea. „Oh", spun eu, în timp ce bebeluşul îşi face simţită prezenţa făcând ceea ce pare a fi un salt mortal în mine.

„Eşti bine?" Mă întreabă mama.

„E fericit", spun eu.

Mama observă faptul că am spus „el". Ea nu menţionează asta. În schimb, îmi spune ultimele bârfe.

O ascult din politeţe, nu pentru că aş fi interesat de evenimentele locale. Înainte, adică înainte de a-l întâlni pe Darryl, am contribuit şi eu la bârfe. Uneori, eram chiar conductorul, fără pălărie. Alteori, eram şeful de tren. Într-un fel sau altul, am fost mereu în tren. Îi lăsam pe bârfitori să mă ducă cu ei.

„Ai văzut grădiniţa?" O întreb din senin, în timp ce ea este în mijlocul unei propoziţii.

Se uită la mine ca la un străin. „Eşti sigură că eşti bine?", întreabă ea, cu o încruntare mare pe frunte, sub forma unui semn de întrebare orizontal.

Îmi dau seama că am spus ceva ciudat, poate chiar stupid. Nu ştiu despre ce este vorba. „Sunt bine", spun eu, încercând să o asigur că sunt bine.

Mă ridic în picioare, sperând că şi ea va face la fel, dar nu o face. În schimb, scoate o altă gogoaşă din cutie şi muşcă din ea.

Copilul meu mă loveşte puternic. Ca şi cum ar mai vrea o gogoaşă. Trebuie să fac pipi şi spun asta. Mama mă urmează pe coridor.

„Ne vedem în camera copilului", spun eu.

„Bine", răspunde mama.

Când mă întâlnesc cu ea în camera copilului, mama stă în faţa oglinzii. Mă alătur ei, stând lângă ea şi mă apropii din ce în ce mai mult de geam. Testez să văd dacă bebeluşul va trece, aşa cum a făcut ieri, dar nu trece. Nicio undă. Nici o legătură. Oare am visat?

Când mă întorc, mobilul începe să cânte Frere Jacques de unul singur.

„Am derulat-o, Cath", spune ea, "am făcut o treabă minunată la decorare, nu-i aşa? Sunt atât de încântată".

Nu-mi amintesc să fi decorat şi nu vreau să recunosc asta. Cum aş fi putut uita aşa ceva?

„Stră-stră-stră-bunica ta ar fi atât de încântată. Mă bucur că oglinda îți aparține acum.”

Lumea începe să se învârtă și să pălească. Mă mișc înainte și aproape că mă răstorn. Mama mă prinde și mă împăturește în scaun, unde alunec înainte și înapoi, înainte și înapoi.

„Oglinda nu este de drept a ta?” întreb eu.

„Ba da, dar nu mă deranjează. E perfectă în camera asta.”

Gândindu-mă la oglindă, alunec spre somn. Mama a plecat. E întuneric aici, cu excepția unei lumini care pâlpâie în colț, la mică distanță de oglindă.

Copilul dă din picioare. Este neliniștit. Mă ridic și merg spre oglindă. Pe măsură ce ne apropiem, lumina se aprinde. Copilul meu dă din picioare și se mișcă. Scot pătura și mă uit la reflexia cucuiului meu de bebeluș, apropiindu-mă tot mai mult. Bebelușul șutează un gol.

Burtica mea de bebeluș se lovește de oglindă. Bebelușul șutează din nou, micșorând distanța dintre cucui și oglindă. Când cele două se unesc, cocoașa mea de bebeluș dispare în ea. Se simte o atracție, care ne trage înăuntru.

Acum stau cu nasul în geam. Mă împing și mai mult înăuntru până când toată fața mea este înăuntru. Capul mă urmează. Copilul meu se rostogolește în reflexie.

O rafală puternică de vânt se ridică undeva în spatele nostru și ne împinge și mai mult înăuntru. Acum sunt suficient de mult înăuntru pentru a observa diferența de aer. Toamnă. Frunze. Era primăvară acolo unde eram și toamnă aici. Cum se poate așa ceva?

Am putut mirosi și simți aerul rece, care ne învăluie, ne întâmpină. O briză îmi șoptește pe piele ca o atingere.

Copilul meu se împinge înainte și înapoi, căutând confortul de cealaltă parte. Confort în lumea de sticlă. Îmi mângâi cucuiul pentru a mă liniști, iar bebelușul meu împinge înapoi pentru a face același lucru pentru mine.

Este magnific acolo. Sunt în mijlocul unei păduri. Nu, sunt pe o plajă cu nisip, nisip alb pur și valuri care se sparg și se izbesc de țărm.

Nu, sunt lângă munți, munți înalți cu poteci care șerpuiesc în jurul lor. Sunt mai multe lumi, toate la un loc. Aud păsările cântând. Sunt corbi, ciori, gaițe albastre, flamingo, kookaburras, vrăbiuțe, păsări cântătoare și pescăruși. Simt gustul sării oceanului pe limbă.

Strig „Bună ziua", iar vocea mea răsună în jur, în jur și în jur. Copilul meu dansează pe ecou, mă gâdilă, mă face să chicotesc. Simt pace, pură și dulce. Bucuroasă. Acasă.

De cealaltă parte, în spatele meu, ceva mă trage înapoi. Nu vreau să plec. Copilul meu nu vrea să plece, dar ceva mă prinde. Ne smulge de acolo. Înapoi.

„Ce naiba faci?", strigă cineva. Vocea îi este șubredă, deformată.

Aud cuvintele, dar vocea sună de parcă ar fi în interiorul unui nor.

***

În momentul în care ne întoarcem, vrem să plecăm din nou. Vrem să fim acolo, să existăm acolo. Doar acolo și nicăieri altundeva.

Este Moni și este foarte supărată pe mine. „Ce-a fost în capul tău?”

Nu spun nimic în timp ce mă uit înapoi la oglindă.

„Nu face pe nevinovata cu mine”, spune Moni. „Călătoreai. Adică în altă dimensiune, nu-i așa?”

„Călătoream?” Mimez. Mă gândesc o secundă la cât de nebună trebuie să fi părut și spun: „Mă uitam la reflexia mea, la reflexia noastră. Copilul și cu mine.”

„Cea mai mare parte din tine dispăruse!” strigă Moni. „A DISPĂRUT!”

Eu râd, încercând să mă prefac că nu văzuse ceea ce văzuse ea. Încercând să o fac să se simtă ca și cum ar fi fost nebună. În loc de mine. Eu fusesem acolo. Văzusem o altă lume. Traversez camera, departe de oglindă, mă întorc și merg spre oglindă. Strâng pumnul și îl pun direct pe geam, sperând că nu se va întâmpla nimic și nu s-a întâmplat.

Moni mă urmează și face același lucru. Apoi, stăm față în față și izbucnim în râs. Trebuie să fi părut nebune. Nebune. Ridicole.

Copilul dă din picioare.

În scurt timp, suntem jos. Moni spune că mama a trebuit să plece și de aceea a venit ea.

„Nu am nevoie de babysitting.”

„Au trecut șase luni”, spune Moni, ”de când a murit Darryl și toți suntem îngrijorați pentru tine și pentru copil.”

„Copilul și cu mine suntem bine”, spun eu. „Încă ne e dor de el în fiecare zi, dar e din ce în ce mai ușor.” A fost o minciună.

„Ştiu ce ar trebui să facem mâine", spune Moni. „Hai să mergem la plajă."

Sună distractiv şi sunt de acord. Totuşi, nu am de gând să port costum de baie.

***

Ajungem la plajă cu un coş de picnic plin cu prânz şi tot felul de bunătăţi. Ne scoatem pantofii şi lăsăm nisipul să ni se strecoare între degete, chiar dacă nu este deloc cald afară.

„Darryl şi cu mine obişnuiam să venim aici vara."

„El este cu noi aici acum şi întotdeauna", spune Moni.

Moni are dreptate, dar asta nu mă opreşte să-mi fie dor de el. Vreau mai mult decât amintirile lui. Îl vreau aici, cu braţele lui în jurul meu.

„Mi-e dor de braţele lui, de faptul că mă ţine în braţe, de respiraţia lui. Îmi lipseşte totul despre el în fiecare zi."

Moni îşi pune braţul în jurul umărului meu.

„Cea mai grea parte este", continui eu, "Darryl nu va cunoaşte niciodată copilul nostru şi copilul nostru nu îl va cunoaşte niciodată pe Darryl."

„Nu ştii ce îţi rezervă viitorul", spune Moni.

Ştiu unde vrea să ajungă cu asta. Îmi sugerează să cunosc pe altcineva. Gândul nu merită luat în considerare. Purtam în pântece copilul lui Darryl, pentru numele lui Dumnezeu.

„Nu vreau pe nimeni altcineva. Nimeni nu l-ar putea înlocui vreodată pe Darryl sau ceea ce am avut împreună. În plus, inima mea e prea frântă. Nu voi iubi niciodată pe altcineva. Inima mea îi aparţine lui Darryl şi numai lui Darryl."

„Nu spune asta. Nu știi ce ți-ar putea rezerva viitorul. Dragostea se poate întâmpla de mai multe ori. Uită-te la mama mea. Adică, tata a murit, ea s-a măritat cu tatăl meu vitreg și a găsit dragostea a doua oară. Nu este la fel. Nu poate fi niciodată la fel ca prima ta iubire, dar poate fi totuși iubire. Poate fi suficientă. Trebuie să fii deschis la asta. Ei sunt fericiți și la fel ai putea fi și tu în timp", spune Moni.

Pornesc într-un sprint, atât cât poate o femeie însărcinată în opt luni și intru în apă. Temperatura este rece, dar răcoritoare, și îmi place să simt răcoarea pe pielea mea.

Moni împinge în apă lângă mine.

„Copilul ăsta adoră apa".

Moni își pune mâna pe burtica mea și bebelușul dă din picioare. „Sigur că da", spune ea.

Stăm în apă până la genunchi și lăsăm valurile să treacă peste noi. Copilului îi place și face câteva salturi.

„Ai de gând să-mi spui despre asta?" întreabă Moni.

„Nu sunt sigură la ce te referi", spun eu.

„Mă refer la chestia cu oglinda, ce făceai? Călătoreai? Făceai salturi în lume?"

Mă gândesc la asta și decid că are dreptate. Adică, prin oglindă, eu și copilul meu am călătorit într-un alt loc. O altă dimensiune. Muzica din *The Twilight Zone* îmi răsună în cap.

„Și ce știi tu despre asta?" întreb eu.

„Mă uit la filme, citesc cărți. Există chiar și călătorii în Alice în Țara Minunilor Când am intrat, cea mai mare parte din tine dispăruse și era evident că era în oglindă. Tu erai în oglindă. Deci, ce ai văzut? Sau ai văzut ceva?"

„Nu sunt sigură că vreau să vorbesc despre asta", spun pentru că este un secret. Vreau să-l țin aproape de piept pentru moment. Simt că dacă îl recunosc cu voce tare, ar putea dispărea. Știu că sună stupid, dar totul a fost atât de ciudat și mi s-a întâmplat o singură dată. De două ori pentru copil, dar o dată pentru mine. Vreau să fiu acolo și să o fac din nou înainte să vorbesc despre asta cu altcineva.

„Promite-mi un singur lucru", spune Moni în timp ce privim soarele apunând pe drumul spre casă. „Promite-mi că nu te vei duce singură. Adică, fără cineva de partea asta care să te tragă înapoi."

Dau din cap într-un fel de promisiune, dar nu sunt sigură că intenționez să mă țin de ea.

„Aș vrea să stau la tine în seara asta, să-ți țin companie", spune Moni.

Eu spun că e în regulă, pentru că sunt prea obosită să fac altceva decât să dorm, epuizată de aerul proaspăt de mare. Copilul meu nici măcar nu se mișcă înăuntrul meu.

Mă bag în pijama și adorm imediat. Îl visez pe Darryl, îl caut, mă uit în sus și în jos și peste tot. Merg și merg și picioarele îmi fac bășici și sângerează, dar tot nu-l găsesc pe Darryl. Din când în când, mă întâlnesc cu cineva sau ceva asemănător unei sperietori de ciori pe un câmp. Îl întreb dacă l-a văzut pe Darryl și, ca în Vrăjitorul din Oz, îmi arată în toate direcțiile. Este de mare ajutor.

De asemenea, întreb o femeie ciudată, cu barbă, care lucrează la circ, dacă l-a văzut pe Darryl. Ea râde și râde și râde.

El nu este nicăieri, așa că mă trezesc și îmi pornesc laptopul. Îmi petrec seara uitându-mă la fotografii cu noi. Din viața noastră.

Când eram împreună, puteai vedea dragostea în jurul nostru. Știu că sună ca un clișeu stupid, dar era acolo, mai ales când Darryl se uita la mine sau când mă uitam eu la el. Ne iubeam cu o dragoste care nu va mai exista niciodată într-o lume în care eram despărțiți.

În timp ce caut singură prin trecut, mă simt ca și cum el, copilul și cu mine am fi împreună, uitându-ne la fotografii. Copilul este în poala mea. Darryl este în spatele meu, uitându-se peste umărul meu în timp ce eu trec de la o pagină la alta.

Soarele răsare și aduce o nouă zi când termin.

Epuizată, mă duc înapoi în pat.

***

„Cath. Cath! CATH!”

Ce? Oprește-te. Vreau să continui să visez.

„CATH!!”

Îmi dau seama că aud vocea lui Darryl. Ce? mă scutur și mă trezesc. Ascult și o aud din nou.

„Cath.”

„Darryl?”

Arunc păturile înapoi și deschid ușa dormitorului. Acum că am răspuns, el îmi șoptește numele din nou și din nou.

Mă aflu în camera copilului unde stau nemișcată și ascult. Tremur ca și cum m-ar fi străbătut o briză. Apoi iau pătura din pătuț și mi-o înfășor în jurul umerilor. Copilul este tăcut, ca și cum nu s-ar fi trezit încă.

„Cath.”

Mă uit la fereastră. Vântul o face să pocnească și să trosnească, apoi o împinge direct în deschidere. Toamna răcoroasă își pune brațele în jurul meu, ținându-mă și în același timp împingându-mă.

„Cath.”

Mă întorc spre locul de unde vine vocea. Oglinda. Copilul meu se trezește și mă lovește, puternic. Stau în poziție de drepți și mă îndrept spre oglindă. Rama de lemn a mâinilor se mișcă, se răsucește, se schimbă. Sticla din interiorul ramei sclipește și tremură. Este ca și cum un nor a intrat în camera copilului și trece în și prin sticlă. Mă apropii. Îmi ridic mâna și îmi pun palma pe suprafață.

*SMIRROR MĂ REFLECTEZI
CU REDUNDANȚĂ.

O poezie citită în liceu îmi invadează gândurile. Îmi apare în minte în timp ce mâna mea străpunge suprafața și dispare în interiorul sticlei.

Mai departe, tot depășind golul. Acolo este. O altă mână apăsând pe a mea. Mâna lui Darryl. Mâna lui Darryl?

Mâna lui Darryl? Da. Confirmat când norul din oglindă se risipește. Ne atingem palmă cu palmă.

Speriată, fac un pas înapoi și îmi trag și eu mâna înapoi. Copilul șutează și îmi ating palma de el. Norul se mută înapoi în timp ce eu alin copilul și Darryl dispare.

Vreau să îl sparg.

Vreau să fiu în el.

Mi-am imaginat totul? Am fost nebună?

Sunt nebună.

„Cath. Vino înapoi. Te rog."

Îl mângâi pe copilul nostru cu o mână și apoi o mână trece peste noi, pe partea noastră și mă ține de mână. Este mâna lui Darryl. El este aici, mângâindu-ne copilul. Cumva. Într-un fel. Dragostea mea.

„Darryl."

Cealaltă mână a lui, cea cu verigheta, trece prin oglindă pe partea noastră. Ne aruncăm în el, în îmbrățișarea lui, în oglindă.

„Oh, Cath."

Mâinile lui mă fac să tremur când le trece peste copil. Copilul se întoarce spre el, iar noi suntem pe jumătate înăuntru și pe jumătate afară.

„E frumos", spune Darryl. „Ca și mama lui."

„Nu știm dacă este un el sau o ea", spun eu, uitându-mă în ochii lui albaștri.

„E un el, cu siguranță", spune Darryl. „E puternic și sănătos".

Ca răspuns la vocea tatălui său, bebelușul dă din picioare și se rostogolește.

„Stai nemișcată", spun eu în timp ce mă înfig și mai mult în oglindă. Bebelușul este aproape înăuntru, dar eu nu sunt prin sticlă. Mă pot retrage oricând dacă e nevoie. Nu sunt sigură de ce mă simt îngrijorată. La urma urmei, este Darryl. Cât de dor mi-a fost de el. Totuși, o parte din mine rămâne ancorată pe partea cealaltă.

„Darryl, acesta este fiul tău. Fiule, el este tatăl tău", spun eu în timp ce lacrimile îmi curg pe obraji ca niște cascade. Nu lacrimi de femeie micuță, ci lacrimi de ploaie mare și grasă. Am plâns.

Darryl mă sărută pe buze. Are gust de toamnă, dar cald și rece în același timp. Apoi se apleacă, îl sărută pe copilul nostru.

„Fiule, trebuie să ai grijă de mama ta pentru mine, bine? Sunt atât de mândru de tine și de ceea ce vei fi într-o zi. Vă iubesc. Vă iubesc pe amândoi."

Ne împing, ne împing puțin mai în față. Mă gândesc să trec până la capăt, dar ceva, un sentiment mă reține. Vreau să fiu acolo. Vreau să trec și să fiu cu Darryl, oriunde ar fi el. Vreau ca noi trei să fim împreună, pentru totdeauna. Determinată, încerc să împing și să împing. Vreau să ajungem până la capăt.

„Nu", mă imploră Darryl. „Nici măcar să nu încerci. Acum avem. Hai să ne bucurăm de el cât mai putem. Este neiertător."

„Eu te vreau pe tine. Vreau ca noi, noi trei, să fim împreună. Mereu."

„Avem doar ceea ce ne va da", spune Darryl. „Timpul este un prieten sau un dușman capricios. Nu știm niciodată ce va veni și ce va pleca."

„Ești poet și eu nici măcar nu știam", spun eu chicotind.

O briză puternică suflă și Darryl face un pas înapoi. Departe.

„Pleacă acum", mă îndeamnă el.

„Nu! Unde te duci Darryl?" strig eu. „Vino înapoi. Te rog, nu mă părăsi. Nu ne părăsi din nou."

„Voi încerca să mă întorc, să te văd din nou cât de repede pot. Dacă voi putea. Pleacă acum. Cumva. Amintește-ți de mine mereu.

Te voi preţui mereu. Crede în mine şi atunci s-ar putea să ne lase să încercăm să ne întâlnim încă o dată.”

Vântul suflă într-un nor imens. Acesta ne împiedică să-l vedem pe Darryl. Norul era alb şi pufos înainte, dar acum este negru şi plin de furie.

Ne trag înapoi.

Când o fac, îmi cedează genunchii.

Cad pe podea şi plâng.

Simt că l-am pierdut pe Darryl din nou.

De data asta însă, plâng pentru doi. Plângând pentru doi.

***

„Cath, eşti bine?”

Mă trezesc şi îmi amintesc, dar e doar mama. Încearcă să mă ridice de pe podea, dar sunt prea grea.

„Am chemat o ambulanţă”, spune ea în timp ce eu încerc să mă ridic şi nu pot.

„Vreau să mă duc în pat”, spun eu luptându-mă să nu mai plâng.

Ambulanţa soseşte şi urcă scările în fugă. Îmi testează semnele vitale şi pe cele ale bebeluşului, iar după ce confirmă că suntem bine, mă ajută să mă aşez în pat.

Mama dă târcoale şi, pentru a o face să se simtă mai bine, îi spun: „El este bine, iar eu sunt bine”.

Ea se opreşte în loc. „Nu mi-am dat seama că ai cerut să ştii sexul copilului încă.”

„Uh, nu am făcut-o,” spun eu, ”Este un sentiment pe care îl am, că el este un el.”

Minciuna pare să funcţioneze. Mă prefac că sunt mai obosită decât sunt de fapt. Copilul pare să fi adormit şi el. După ce mă sărută pe frunte, mama iese şi închide uşa în urma ei.

Stau trează ore întregi, gândindu-mă la Darryl şi întrebându-mă când ne vom putea vedea, atinge din nou.

***

În fiecare zi după vizita noastră la Darryl, vreau să mă întorc.

Scriu exact ce se întâmplă. Ţinerea unei evidenţe are sens. Este singurul mod în care mă pot asigura că creierul meu de gravidă îmi va păstra amintirile intacte. Scriind totul, obsedată de el, am reuşit să trăim aceeaşi zi din nou şi din nou. Este ca propria noastră versiune a filmului Groundhog Day, doar că de data aceasta eu sunt Bill Murray.

Darryl a spus că este „neiertător". Se referea la timp?

O întreb pe Moni ce părere are. Şi ei i se pare destul de ciudat.

Începem să lucrăm împreună, să cercetăm evenimentele supranaturale. Ţinta noastră sunt evenimentele legate de călătoriile în oglinzile on-line.

Găsim articole intrigante despre universuri paralele. Unele se referă la oglinzi ca puncte de intrare. Cercetările vorbesc despre lucruri precum realităţi virtuale şi divizări dimensionale. De asemenea, se discută despre porţi dimensionale şi despre ocultism. Totuşi, în afară de romanele fictive, nu putem găsi nicio dovadă reală, deşi găsim câteva afirmaţii.

Am găsit câteva liste de lucruri pe care nu ar trebui să le faci niciodată cu oglinzile, cum ar fi

Nu te uita niciodată într-o oglindă la lumina lumânărilor, aceasta îți poate arăta o versiune foarte bântuită a casei tale.

Dacă te uiți într-o oglindă între două lumânări înalte, albe, ai putea vedea spiritul unei persoane dragi care a murit. Sufletul lor poate fi blocat în oglinda ta.

Asta mi-a făcut inima să-mi sară din gură.

Era sufletul lui Darryl blocat acolo? Nu părea un loc rău sau înspăimântător, dar el menţionase lucrul neiertător.

Am tremurat şi am trecut la următorul punct.

Acoperiţi întotdeauna o oglindă bântuită în timpul unei furtuni. Fulgerul va elibera fantomele.

Îi spun lui Moni că atunci când am intrat prima dată în cameră, oglinda era parţial acoperită. Mă îmbrăţişez şi tremur din nou.

„În primul rând", spune Moni, "mama ta mai mult ca sigur a pus-o acolo pentru a o ţine departe de podea. Nu e nimic. O coincidenţă". Se uită la mine. „Eşti sigur că vrei să continui cu asta?"

Dau din cap şi o citesc pe următoarea.

Este de rău augur să primești cadou o oglindă din casa unei persoane decedate.

„O, Doamne!" ţip şi îmi împing pumnul în gură. Nu vreau să sperii copilul, dar oglinda a fost în familia noastră după un deces timp de secole. Nu ca un cadou cu o fundă pe ea, ci ca un dar şi o moştenire de familie.

Nu sunt sigură cine a avut oglinda înainte de a ajunge în familia noastră. Trebuie să aflu mai multe despre ea.

Îi explic asta lui Moni care şi ea tremură puţin înainte să citească următoarea.

Dacă cineva îşi vede reflexia într-o oglindă într-o cameră în care cineva a murit recent, va muri în curând.

„Uf, suntem bine la prima", spune ea şi apoi se uită la mine să confirme, ceea ce fac cu un semn din cap.

Îl citesc pe următorul.

Dacă o fantomă se plimbă prin casa ta în timpul nopţii, o oglindă o poate surprinde.

Asta e înfiorător. Niciunul dintre noi nu spune nimic despre asta.

Copilul se mişcă.

Derulez mai departe articolul. Există dovezi ştiinţifice. Se menţionează oglinzile cuantice şi oglinzile multiversului ca porţi către alte lumi.

„Trebuie să ştim mai multe. Trebuie să ştiu mai multe despre această oglindă şi cum a ajuns la familia mea. De unde a apărut? Cine ne-a dat-o şi când?" Spun eu cu un tremur.

„Cum vom face asta?" întreabă Moni, şi amândouă stăm să contemplăm asta, singure, dar împreună, pentru o bună bucată de vreme.

Zilele şi săptămânile curg înainte. Moni şi cu mine continuăm căutările ori de câte ori avem timp.

Urmărim conceptul de călătorie prin oglinzi. Acest concept provine din civilizaţiile antice.

Ne examinăm oglinda de sus până jos, sperând să găsim o marcă a producătorului. Nu avem noroc.

Cu bebeluşul care trebuie să nască peste o săptămână - mai mult sau mai puţin, în orice caz - eu şi Moni stăm împreună în bucătăria mea. După felul în care începe şi se opreşte, îmi dau seama că are ceva important în minte.

„S-ar putea să crezi că e un pic nebunesc.”

„Spune-mi”, spun eu.

Copilul dă din picioare. Îi mângâi piciorul.

„Te avertizez”, spune Moni. „E acolo afară.”

„Continuă.”

„Bine, începem. Online, am găsit o femeie care este medium şi medium. Are o reputaţie excepţional de bună, chiar excelentă. Ea aduce rezultate în cazurile în care alege să se implice.”

Mă aplec mai aproape.

„Mătuşa Maria citeşte cărţi ca hobby. A citit despre femeia despre care vorbesc. A găsit numai lucruri bune despre ea.”

„O medium?” spun eu. Nu înţeleg limbajul medium. Deşi ştiu despre tipul ăla care a fost la televizor, John somebody. Edwards. Îi rostesc numele cu voce tare.

„Da”, spune Moni.

„Vrei să spui că doamna medium îl va contacta pe Darryl?”

Moni dă din cap.

„Dar am reuşit să îl contactez singură. Nu ştiu ce ar putea face ea să ne ajute, pentru că am fost deja acolo pe cont propriu.”

„Ar trebui să încercăm. Avem nevoie de ea. Nu pentru Darryl, ci pentru oglindă”, spune Moni. „Dacă este o oglindă călătoare. Tu spui că este pentru că ai călătorit în ea. Trebuie să ştim mai multe despre ea. Ea ar putea să o testeze. Psihologii fac teste, vreau să spun."

„Oh", spun eu, şi sunt mai interesat acum decât fusesem înainte. Mă aplec un pic mai aproape.

„I-am explicat un pic ce s-a întâmplat, fără să intru în prea multe detalii. O cheamă Anna August şi cu siguranţa vrea să te cunoască şi să vadă camera şi oglinda. Mi-ar plăcea să fiu şi eu aici, pentru sprijin moral. Asta, dacă vrei să fiu."

„Trebuie să fii aici cu mine", spun eu, iar bebeluşul dă din picioare pentru a-şi înregistra votul. Mă duc la răcitorul de apă şi îmi torn un pahar de lichid rece. „Cât cere pentru o vizită?" spun după câteva înghiţituri.

„Cinci sute".

Stau jos şi îmi lipesc paharul rece de frunte.

„Ştiu că e mult de cerut", continuă Moni, "şi aş vrea să i-o ofer ca pe un cadou."

„E drăguţ din partea ta", spun eu. „Dar dacă tu şi cu mine am face fifty-fifty pe ea, jumătate fiind un cadou de la tine, atunci ar fi minunat. Cum o colectează? Adică, în avans?"

Moni îmi explică cum ar funcţiona. Trebuie să trimitem imediat un depozit de zece procente, ca semn de bună credinţă. Anna ne-ar trimite o chitanţă, ar stabili o dată şi o oră pentru a face o vizită în persoană. La o dată convenită, soldul rămas ar fi datorat la sosire.

„La sosire?" spun eu. Pare un pic obraznic să ceri bani în avans în felul ăsta, dar, din nou, cine ştia protocolul pentru mediumi?

Moni își ia un pahar de suc de portocale din frigider și bea un pahar lung. „Conform site-ului lor, livrarea se face la intrarea în casa clientului lor, care ai fi tu.”

„Oh, deci nu promite nimic în schimb?”

„Uh, nu", confirmă Moni. „Dar am impresia că aceasta este norma în lumea mediumurilor. Când acceptă să se ocupe de cazul tău, se angajează total. Vrea să se asigure că și clienții ei sunt la fel. Ea alege pe cine vrea să ajute. Spunându-le noilor ei clienți că vrea o plată în avans, iar restul în avans, va reuși să elimine nebunii.”

Râd, întrebându-mă dacă ea ar crede că sunt o nebună chiar dacă aș plăti în avans. „Anna este de aici?”

„Nu, ea este un out of towner, dar ea știa unde ai trăit. Adică înainte să-i spun adresa ta. Ea a spus că a simțit o tulburare ciudată în această zonă în ultimele câteva luni. De fapt, a fost atât de puternică încât s-a gândit să investigheze chiar ea.”

Asta sună interesant și exagerat în același timp. „Vrei să spui că a avut o premoniție?”

„Asta m-am întrebat și eu, dar ea a spus că nu. Deși ea le are adesea. În acest caz, a simțit o perturbare psihică. Ceva s-a năpustit asupra ei. I-a făcut părul să i se ridice în cap. Genul ăsta de lucruri.”

Urmărind un film de groază mi se întâmplă asta, dar nu o spun. În schimb, sunt de acord să trimit avansul și să îi plătesc întreaga sumă la sosire. „Trebuie să aflăm mai multe și nu avem prea multe opțiuni.”

„Există o mulțime de alte opțiuni", spune Moni, "dar Anna are încredere în stradă. Voi face să se întâmple cât mai curând posibil".

****

Pe 3 mai, la ora trei după-amiază, renumita medium și clarvăzătoare Anna August sosește la mine acasă. Moni și cu mine ne ascundem după perdele. O privim cum iese din mașina ei pe aleea mea. Amândouă suntem foarte curioase și vrem să o verificăm înainte de a o întâlni în carne și oase.

În ultimele două săptămâni, am format o obsesie pentru Anna. În același timp, am devenit obsedat de oglindă, deoarece Anna mi-a spus să mă țin departe de ea. Nu vorbisem cu ea, dar a insistat ca Moni să-mi transmită mesajul urgent.

Mesajul era că, dacă mai intru o dată, ea va ști. Înțelegerea noastră ar fi fost anulată. De asemenea, că plata integrală va fi cerută oricum.

Ar fi fost bani ușor pentru ea dacă aș fi ignorat avertismentul. Ar fi fost plătită fără ca măcar să-mi fi călcat pragul. Cuvintele ei m-au speriat suficient de tare încât să încui ușa camerei copilului. Pentru orice eventualitate.

Anna are în jur de șaizeci de ani și este o femeie chipeșă. Nu este drăguță; este frumoasă. Aceasta nu este o insultă. Este felul în care ne apare la amândoi. Este foarte înaltă, aproape un metru optzeci, și își poartă părul într-un coc pe vârf. Asta îi sporește și mai mult înălțimea.

Poartă un pardesiu cu guler înalt, roșu sânge, cu nasturi negri în formă de inimă. În picioare, crampoane negre groase. Pe față, un pic de mascara, buze roșii și nimic mai mult. Părul negru închis din spatele urechii stângi a dezvăluit un cercel negru în formă de inimă. Se potrivește perfect cu nasturii de la haina ei.

Anna se îndreaptă spre uşa din faţă cu un puternic sentiment de determinare şi hotărâre. Se clatină puţin pe cizme şi noi chicotim. Când Anna ne vede, ne face cu ochiul şi îşi face semnul crucii deasupra ei. Ezită, apoi îşi face semnul crucii deasupra casei mele.

Am fost atât de distraşi şi absorbiţi de tot ce a făcut Anna, încât nu am observat un bărbat care o urmărea.

Are aproape un metru şi jumătate înălţime, păr negru şi barbă neagră. Poartă un palton negru, o şapcă neagră îi acoperă ochii, pantaloni şi pantofi negri. Merge ca un nor întunecat şi solitar. Ne dăm seama că aplecarea se datorează a ceea ce poartă pe spate: un mic cufăr negru. Deşi este micuţ, greutatea lui este suficientă pentru a-l face să se aplece.

Anna loveşte ciocănitoarea, iar noi ne grăbim să le ieşim în întâmpinare.

***

Anna intră ca vântul, iar norul întunecat suflă nu departe în urmă. Îmi întinde mâna mai întâi mie, luându-mi şi cealaltă mână. Se uită în ochii mei şi eu în ai ei - care erau de o nuanţă ciudată de verde, cu mici pete roşii peste pupilă.

„Sunt atât de încântată să te cunosc în sfârşit", spune ea, întinzând mâna şi oprindu-se apoi înainte să atingă bebeluşul. Dau din cap că este în regulă să facă asta şi ea îşi pune mâna deschisă pe copil. Mă aştept ca el să dea din picior pentru a-i recunoaşte prezenţa, dar nu o face.

„Cred că doarme", spun eu. Dintr-un motiv ciudat, faptul că nu se prezintă cu o lovitură de picior mă face să simt că suntem nepoliticoşi.

Anna îşi aruncă haina înapoi. Se întoarce spre Moni şi o salută. Ne face cunoştinţă cu soţul ei, care stă în fundal şi îşi întinde spatele. Numele lui este Ballard.

Mă apropii de el şi ne strângem mâinile. Are nevoie de ajutor pentru a-şi lua pieptul de pe spate, aşa că îl ajut. După aceea, se ridică drept şi înalt. Până la urmă, nu e chiar atât de scund. Este scund pentru un bărbat, iar Anna, cu cizmele ei, îl depăşeşte.

„Să ne ocupăm de detaliile plictisitoare", sugerează Ballard.

„Da", spune Anna.

„Se referă la bani", şopteşte Moni.

Îmi recuperez geanta de pe măsuţa laterală. Ea conţine întreaga sumă, pe care i-o înmânez Annei, care i-o dă lui Ballard.

„Mulţumesc", spune Anna.

Ballard scoate banii şi răsfoieşte lotul. Asigurându-se că suma totală este acolo, îi bagă în buzunarul hainei sale.

Anna spune: „Aş vrea să văd camera acum".

Noi trei, Moni, Anna şi cu mine (sau patru dacă includ şi copilul) ne îndreptăm spre camera copilului. Mă uit înapoi şi îl văd pe Ballard căutând în buzunar o cheie pe care o introduce în încuietoare şi deschide cufărul.

Sunt curios de cheie, dar şi mai curios de conţinutul ei. Ballard continuă. Îmi îndrept din nou atenţia către această afacere.

„La timpul potrivit", spune Anna în timp ce ne conduce mai departe. Mă vede că mă uit la Ballard cu curiozitate. Se pare că nu-i scapă nimic.

Înainte să ajungem la grădiniță, Anna se oprește brusc. Aproape că mă lovesc de ea, deoarece acum sunt în spatele grupului, cu Moni în frunte.

Respirația Annei se schimbă. Gâfâie și obrajii ei devin foarte înroșiți. Se agață de peretele din dreapta și de cel din stânga cu pumnii strânși și rămâne nemișcată. Pumnii ei se deschid ca niște trandafiri înfloriți. Își așează mâinile întinse și deschise pe suprafața pereților de-o parte și de alta a ei.

Capul îi zboară pe spate și ochii i se deschid larg, privind spre tavan. Întregul ei corp începe să tremure și să se convulsioneze de parcă ar avea o criză de epilepsie.

***

Ceva pompează prin corpul ei atunci. Orice ar fi, văd că își face drum prin ea. Mă uit la Moni, ai cărei ochi aproape că-i ies din craniu. Mă întind peste umărul Annei și iau mâna lui Moni în a mea. Stăm nemișcate, neștiind ce să facem. Anna continuă să vibreze și să se răsucească.

Ballard este atunci acolo, punând ceva pe fruntea întorsă a Annei. Este argintiu.

Îl văd strălucind în lumină, dar nu-mi dau seama ce este. Mai întâi o ceață, apoi o sclipire. În curând, brațele și capul Annei cad. Apoi, e din nou printre noi.

„Îmi pare rău, iubirea mea", spune Ballard. „Nu mă așteptam..." Se oprește și se uită la Moni și la mine, care stăm încă împreună, ținându-ne de mână.

„Nici eu", spune Anna în timp ce trage adânc aer în piept și îl eliberează de câteva ori pentru a se calma. „Asta a fost ceva sau cineva puternic. Pot să beau un pahar de Porto înainte să continuăm?"

Încep să spun că nu am Porto în casă. Ballard, care venise pregătit, scoate un flacon din interiorul jachetei sale. Răsuceşte capacul şi i-l dă Annei.

Mâinile ei tremură în timp ce încearcă să ia o înghiţitură. Ballard o ajută.

Anna îşi şterge gura cu mâna. Încă îi văd degetele tremurându-i în timp ce dă sticla înapoi. Ballard îmi oferă o înghiţitură. Refuz din cauza copilului. Moni refuză şi ea, dar îi mulţumeşte lui Ballard pentru ofertă.

Anna rupe tăcerea. „Şi acum, să continuăm."

***

Înainte să ajungem la uşa camerei copilului, aceasta se trânteşte. Forţa este atât de mare încât cred că ar putea rupe balamalele. Îmi croiesc drum printre cei din jur, folosindu-mă de circumferinţa copilului meu pentru a-mi face loc.

Când am ajuns la uşă, îmi caut cheia în buzunar. Odată descuiată, încerc să întorc mânerul. Spun încercare din două motive.

În primul rând, nu se mişcă şi, în al doilea rând, este încins, atât de tare încât ţip când pielea mi se topeşte în el. E ca şi cum mânerul de metal s-ar lipi de mine, iar pielea mea sfârâie şi miroase de parcă aş fi la grătar.

Carnea mea arsă miroase aproape a bacon în timp ce încerc să mă separ de mâner. Următoarele câteva secunde mi se par ca şi cum timpul s-ar fi suspendat, iar eu îmi concentrez mintea asupra mânerului în sine, nu asupra durerii. Dintr-o singură mişcare, mă desprind. Mânerul se mişcă. Pentru o secundă, am impresia că se va întoarce şi se va deschide, dar nu se deschide.

Mă uit în stânga unde stă Moni, holbându-se, întrebându-se ce să facă, dar fără să facă nimic. Mă uit la Ballard, care se uită la Anna, care are ochii închişi şi rosteşte cuvinte.

Mă uit şi ascult mormăielile ei, realizând că face o incantaţie sau o vrajă. Cel puţin aşa părea, pe baza emisiunilor de televiziune fictive pe care le văzusem cu vrăjitoare în ele.

Psihologii fac incantaţii sau vrăji? Nu eram sigur, dar orice ar fi plănuit, speram să funcţioneze.

În timp ce acest gând îmi trecea prin minte, căldura mânerului uşii a crescut de la nouă la zece şi am strigat de durere. Ballard se repede spre mine cu fiola de coniac în mână şi îmi stropeşte mâna cu conţinutul. Fumegă şi scuipă şi miroase ca o budincă de Crăciun stricată.

Funcţionează, iar mâna mea se desprinde de mâner. Ballard mă conduce departe de uşă. Stau nemişcat în timp ce Moni îi dă lui Ballard trusa de prim ajutor pe care a luat-o din baie. El îmi înfăşoară mâna în tifon după ce o stropeşte cu un lichid împotriva arsurilor. Acesta îmi răceşte temperatura pielii. Când înfăşoară tifonul în jurul mâinii, durerea este minimă.

Când ne întoarcem pe coridor, Anna nu este nicăieri, dar uşa de la camera copilului este larg deschisă.

De data aceasta, Ballard ne deschide calea, iar eu şi Moni nu suntem prea departe. Ballard îşi ţine braţul drept în faţă, ca şi cum ar anticipa sosirea celor nevăzuţi şi necunoscuţi. Dacă ar avea o cruce în mână, aceasta nu ar fi deplasată. M-am uitat mult prea mult la televizor pentru binele meu.

Odată intrat în camera copilului, Ballard șoptește: „Anna". Stă în pragul ușii, împiedicându-ne pe Moni și pe mine să intrăm în cameră.

Nu răspunde.

Ballard intră până la capăt, strigând încă după Anna, iar noi intrăm în spatele lui.

Fereastra este larg deschisă, așa cum fusese și în ziua în care am intrat în oglindă. Briza aceasta este însă una violentă. Suflă perdelele în față. Acestea se unduiesc și plutesc deasupra podelei ca niște fantome.

Perdelele zburătoare îmi conduc privirea în direcția oglinzii. Moni și Ballard fac la fel, dar de data asta sunt în spatele meu în timp ce mă îndrept spre oglindă. Pătura, cândva drapată peste oglindă, este acum mototolită pe podea.

„Anna!" strig eu.

Ballard strigă numele soției sale.

Deși nu-l cunosc, înălțimea și tonul vocii lui îmi fac pielea de găină pe antebrațe. Mă întorc și mă uit la el, văzând teamă pură. Mi se părea absurd ca el să fie atât de speriat. Ballard este partenerul ei în toate privințele. Împreună, viața lor se concentrează pe a-i ajuta pe oameni să se conecteze cu cei dragi de pe lumea cealaltă. Sunt profesioniști.

Mă îndrept spre oglindă. Dintr-un singur pas uriaș, îmi îndrept întregul corp spre ea.

Ultimul lucru pe care îl aud este Moni strigându-mi numele.

***

Pe partea cealaltă e întuneric total.

Asta e diferit față de înainte. E înfricoșător.

Fac doi pași înainte. Ceva scârțâie sub picioarele mele. Mă mut puțin într-o parte, sperând că orice ar fi fost nu va fi acolo, dar este. Înaintez, calc pe ceva mai mare înainte să mă împiedic puțin, apoi mă opresc.

Prea speriată să mă mișc, îmi dau seama că acest loc era exact așa cum mă așteptam să arate interiorul unei oglinzi. Ceea ce nu mă așteptam era mirosul. Este umed ca frunzele de toamnă putrezite și rece. Îmi înfășor brațele în jurul meu.

Nu mă mișc, sperând că ochii mei se vor adapta și se vor obișnui cu întunericul.

Secundele trec. Totuși, nu fac niciun pas în nicio direcție. Simt cum mă legăn pe alocuri. Să stai nemișcat cu o burtă atât de mare nu este o sarcină ușoară. Mă simt de parcă m-aș putea răsturna. Îmi mângâi burtica și încerc să rămân calmă.

Unde sunt pădurile, plaja și munții? Unde sunt soarele și briza toamnei? Aici, aerul înghețat stă pe loc.

Mă întreb dacă aceasta este o dimensiune diferită.

De ce acest loc mi se pare atât de nefamiliar, când celălalt părea familiar? Am fost un prost să intru fără să știu că Anna este aici.

Aud un pocnet și apoi vocea Annei. „Cath?"

Corpul meu tremură când răspund.

„Cath", spune ea, «trebuie să pleci de aici».

Îmi mângâi burtica într-o încercare de normalitate.

„Știi câți pași ai făcut după ce ai intrat?" mă întreabă Anna.

Îi spun că nu am făcut mulți pași, și totuși nici nu îi numărasem.

Mă întreabă dacă aș fi în stare să mă întorc, dacă aș ști în ce direcție am venit, iar eu spun că cred că da.

„Întoarce-te și mergi în direcția de afară", mă instruiește Anna. „Eu voi urmări sunetul pașilor tăi. Sunetul mă va ghida și vom ieși împreună".

Mă gândesc la Darryl când ne-am cunoscut. Cu aceste gânduri fericite în prim-planul minții mele, o amintire împinge în mine. Era vorba despre ceva ce citisem sau vizionasem. Despre demoni din întuneric care iau vocile celor pe care îi cunoaștem, uneori chiar ale celor pe care îi iubim. Demonii se prefac că sunt ceea ce nu sunt.

Mi-am liniștit mintea și am îndepărtat aceste gânduri, câștigând putere gândindu-mă la Darryl și la copil. Mă întorc, întinzând brațele ca să-mi simt drumul. Zgârieturile mă fac să mă simt panicat, dar știam că nu am mers prea departe. Merg înainte ca un zombie orb și nu simt nimic.

Mai fac doi pași spre stânga, mergând tot în aceeași direcție ca înainte, și întind din nou mâna în fața mea. Tot niciun contact cu nimic. Încă doi pași.

Acolo este. Îl simt și fac un pas înainte. Ballard și Moni mă trag restul drumului.

Anna mă prinde de coada cămășii și trece și ea.

Suntem în siguranță.

Ne-am întors.

***

Plâng în timp ce Moni mă ajută să traversez camera. Mă așez în fotoliu ca și cum aș purta greutatea lumii pe umerii mei. Îmi mângâi burtica şi fredonez Frere Jacques pentru a-mi linişti inima şi mintea. Băieţelul meu nu răspunde cu o lovitură de picior, dar nu se simte mai rău.

Moni aduce o ceaşcă de ceai fierbinte. Mâinile îmi tremură prea tare pentru a o ţine. Mi-o duce la buze şi iau o înghiţitură.

În colţ, departe de urechile ei, Anna îi şopteşte lui Ballard în timp ce trage din sticlă. Ea tremură, iar Ballard se uită din când în când în direcţia mea şi apoi înapoi la soţia lui. Eu o salvasem, o adusesem înapoi. Mă întreb despre ce vorbesc, dar sunt prea obosit ca să intru în conversaţia lor.

„Cât timp?” o întreb pe Moni.

„Opt ore.”

„Nu se poate să fi fost opt ore!”

„E întuneric afară. Vezi?” Ea trage perdelele, arătând întunericul de afară în locul luminii zilei. Se apleacă şi întreabă: „Cum a fost Darryl?”

Fiul meu îmi dă o lovitură atât de mare încât îmi taie respiraţia. Îi mângâi piciorul prin piele. „Linişteşte-te, fiule.”

Moni aşteaptă ca bebeluşul să se liniştească înainte să întrebe: „Dacă Darryl nu era acolo, de ce ai fost plecată atât de mult timp?”

„Nu ştiu”, spun eu, uitându-mă în direcţia Annei şi sperând că ea ar putea oferi nişte răspunsuri. La urma urmei, ea este singurul expert din cameră.

Anna mai trage o duşcă din flacon. Când vede că mă holbez la ea, se poticneşte prin cameră. „Eşti bine?”

Anna stă în stânga mea, Moni în fața mea și Ballard în dreapta mea, ca și cum aș fi centrul unui semicerc. Tremur. Moni îmi aruncă o pătură peste umeri.

Anna spune: „Oglinda are mai multe fețe. Aceea", arată ea spre ea, «ar trebui distrusă».

„Dar de ce?" întreb eu cu dinții clănțănind. „Se află în familia mea de zeci de ani și ea l-a adus pe Darryl la mine."

„Îți sugerez să-l trimiți departe dacă nu-l poți distruge. Te va chema din nou și te va tenta să intri dacă este în casa ta. Data viitoare, s-ar putea să nu mai fiți atât de norocoși. Data viitoare, s-ar putea să rămâi blocat acolo pentru totdeauna."

„Ascultați-o pe soția mea", spune Ballard. „Știe despre ce vorbește și tot ce vrea să facă este să te ferească pe tine și pe copilul tău de orice rău."

„Ne-ar fi putut face rău, dar nu ne-a făcut", spun eu. „Era întuneric și umed, dar am fost în locuri mai rele, mult mai rele."

Anna ezită, pășește un pic, apoi spune: „Sunetul crunt. Ce credeai că este?"

Ballard se apropie de soția lui, șoptindu-i la ureche. Ei se întorc din nou spre mine.

„Frunze", răspund eu. „Frunze moarte."

Ochii Annei se luminează când se uită la soțul ei. „Era sunetul oaselor rupte. Oasele altora care nu s-au mai întors."

Gâfâi și încerc să nu țip. Mă gândesc la sunetul pe care îl auzisem și mă întreb dacă nu cumva îl inventează, încercând să mă sperie. Dacă aș fi călcat pe oase, cum ar fi sunat? Cum s-ar fi simțit sub picioarele mele? Ar fi sunat exact ca cele din interiorul oglinzii.

„Acum, hai să plecăm de aici", spune Anna. „Am făcut tot ce am putut. Nu mai putem sta aici. Ține minte cuvintele mele, dacă nu distrugi chestia aia, atunci e pe capul tău."

În timp ce se îndepărtează de mine, strig: „De ce nu m-ați așteptat? De ce ați intrat în oglindă fără mine? Înainte, Darryl, soțul meu, era acolo. Totul era bine și în siguranță. De ce nu ați așteptat?" Mă ridic în picioare și le urmez, așteptând un răspuns, o explicație.

Anna continuă să meargă.

Ballard se oprește, se gândește să spună ceva. Se răzgândește."Vino, iubirea mea. Femeia asta nu apreciază sacrificiul sau sfatul tău."

„Sacrificiul ei? Eu am intrat acolo și am scos-o! Eu am salvat-o."

„Calmează-te", spune Moni. „Nu este bine pentru copil."

„Ieși afară din casa mea", strig eu.

După ce Ballard își fixează cufărul în spate, el și soția lui părăsesc casa mea.

Stau cu pumnii încleștați în timp ce apa îmi curge pe picioare. Amețeala mă cuprinde și cad la podea.

***

Până la urmă, nu este apă. Este sânge.

Am aflat asta abia după ce ambulanța a venit urlând pe aleea mea și paramedicii m-au verificat. Semnele mele vitale sunt bune, dar insistă să mergem la spital.

În repaus, legată de aparate și monitoare, mă simt recunoscătoare că eu și fiul meu suntem bine. Nimic mai mult și nimic mai puțin.

Moni a sunat-o pe mama, care a sosit repede. A stat cu mine, m-a ţinut de mână, spunându-mi că totul va fi bine. Acum, doarme adânc pe un scaun.

Uitându-mă la ea cum doarme, îmi dau seama că mamele sunt ca Dumnezeu. Ne bazăm pe ele pentru orice, din momentul conceperii noastre. Când ne explică că totul va fi bine, chiar dacă ştim că ele nu pot şti, tot le credem. Dacă ne-ar spune că cerul este portocaliu, ar trebui să le credem. De ce ne-ar minţi? Mamele noastre sunt asistente medicale, doctori, consilieri, profesori, filosofi şi prietenii noştri. Mamele poartă atât de multe pălării.

Îmi pipăi burtica, gândindu-mă la potenţialul meu de a îndeplini rolul de mamă şi de unic părinte pentru fiul meu. Sper să pot egala puterea şi curajul mamei mele. Dacă aş putea ajunge la 80% din ceea ce a fost ea pentru mine, atunci aş fi foarte fericită.

Mă gândesc la ce mi-a spus doctorul. Sângerarea nu a fost nimic grav. O afecţiune temporară şi s-a oprit. Bebeluşul este bine, cu o bătaie puternică a inimii. Totuşi, data naşterii nu este departe şi ei vor să fim aici.

Am adormit, gândindu-mă la Anna, dezamăgită. A fost atât de mult timp până să vină şi să se ofere să ajute. Am rugat-o pe Moni să ia legătura cu ea, să vadă dacă poate umple unele goluri. Voiam să ştiu ce s-a întâmplat cu ea înainte să intru în oglindă. Ce ştia ea? Ce văzuse?

De asemenea, voiam să ştiu de ce a sărit în oglindă înainte ca oricare dintre noi să fie în cameră.

Lacrimile mi se revarsă pe obraji într-un plâns tăcut. Mi-e atât de dor de Darryl. Viața ar fi fost foarte diferită dacă el ar fi fost aici. Viața este prea scurtă, prea prețioasă pentru a irosi o singură clipă.

Cad pe pernă și închid ochii.

***

Picioarele mele se ridică de la pământ. Zbor cu aripile mele de fluture monarh în aer liber. Mă ridic din ce în ce mai sus pe cer, în timp ce avioanele trec pe lângă mine. Pasagerii îmi fac cu mâna pe geam. Păsările se opresc. Una se așează pe umărul meu. Își deschide și își închide ciocul cântând, ca și cum ar încerca să discute cu mine. Zboară, bucuroasă că a încercat să comunice cu colegul ei din cer.

Sub mine, o persoană mică, înaripată, mă urmează. Îmi mângâi burtica, dar constat că nu mai este acolo. Persoana înaripată de dedesubt este copilul meu. Aripile lui sunt albastre și negre. Învață să zboare. Se îndreaptă spre mine, chinuindu-se.

„Mamă", strigă el.

Rămân pe loc, așteptând să-l ajung din urmă.

„Mamă", strigă el din nou.

Mă împing în jos până când suntem unul lângă altul. Îl iau de mână.

Împreună, ne ridicăm.

Îmi arunc capul pe spate, încă ținându-i mâna în a mea, iar cerul se schimbă din zi în noapte într-o fracțiune de secundă. Aerul se transformă din cald în rece, iar vântul se întețește și ne împinge departe.

Fiul meu și cu mine ne agățăm unul de altul, ținându-ne strâns, bătând din aripi în sincron. Neputincioși.

Se aude un tunet. Fulgerele zboară pe cer în spatele nostru, sub noi, din ce în ce mai aproape.

O lovitură directă pe aripile mele. O scânteie se aprinde pe a lui.

Ne prăbușim înapoi de unde am venit.

***

Mă trezesc țipând. Atât de mult pentru că nu am trezit-o pe mama.

Visul a fost atât de real, atât de viu. A făcut monitoarele să clipească și să bipăie. Personalul spitalului a venit în fugă și a preluat controlul.

„A fost doar un vis", le spun pentru a-i liniști. Totuși, ei continuă să se grăbească.

Îmi șterg somnul din ochi.

Ceva nu e în regulă cu mama. Nu au venit după mine.

Au pus-o pe un pat de spital și au rostogolit-o afară din cameră. Roțile o scârțâie departe de mine.

„Ce se întâmplă?" strig eu. Încerc să mă ridic, să merg cu ea, să fiu cu ea. Trebuie să ajung din urmă anturajul.

Totuși, sunt legat. Încerc să mă eliberez. Nu suficient de repede.

O asistentă îmi înfige un ac în braț.

Ultimul lucru pe care mi-l amintesc e că am înjurat-o.

***

Moni este lângă mine când mă trezesc. Era ziuă când am adormit. Acum, e întuneric. Pe fereastră, totul pare negru ca cerneala și fără stele.

În timp ce încerc să pun cap la cap piesele, fiul meu mă lovește foarte tare. E ca și cum mi-ar aminti să îl pun pe el pe primul loc, de parcă aș avea nevoie să mi se reamintească. Mai întâi, a fost acel vis înfricoșător. Apoi, mama avea probleme, era bolnavă sau ceva de genul ăsta.

Am revenit la realitate.

Moni îmi întinde un pahar cu apă. Ea și cu mine suntem prietene de atât de mult timp încât uneori mi se pare că avem o conexiune telepatică. Moni este cea mai bună prietenă din lume. Nu știu ce m-aș face fără ea.

„Mulțumesc", spun eu în timp ce iau o înghițitură și simt cum apa rece coboară în stomacul meu foarte gol. Nu e de mirare că bebelușul meu lovește ca un nebun. Am nevoie de refacere după ce am ratat mâncarea astăzi. Nu că mâncarea din spital ar fi ceva despre care să scriu acasă. O întreb pe Moni dacă nu ar vrea să se furișeze afară și să-mi cumpere ceva de tip fast-food.

Ca de obicei, logică, Moni îmi sugerează să sun asistenta. Să o întreb dacă ar putea face ceva pentru mine, astfel încât să nu întrerup cerințele lor alimentare pentru mine și copil. Sună ca un sfat bun, deși aș fi omorât un cheeseburger, cartofi prăjiți și un shake.

Asistenta este amabilă și spune că îmi va aduce ceva special făcut pentru mine cât de curând posibil. În limbajul spitalului, ceea ce însemna de îndată ce ajungeam în vârful ierarhiei. Primul intrat, primul servit.

Cu o mână îmi masez burtica și sorb mai multă apă pentru a ține foamea la distanță.

„Trebuie să vorbim", spune Moni.

„Te ascult."

„În primul rând, mama ta e bine. A avut un accident vascular cerebral, dar din câte am înțeles, nu a fost unul grav. Nu știu detalii specifice pentru că nu sunt din familie, dar am impresia că își va reveni complet."

Trag un suspin de ușurare și îi reamintesc lui Moni că ea este ca sora pe care nu am avut-o niciodată.

„Am o soră", spune Moni, «dar tu ești sora mea preferată».

„Te iubesc", spun eu.

„Și eu te iubesc."

Rămânem tăcute o clipă, apoi ea spune: „Am vorbit cu Anna pentru tine. Vizita la tine acasă și în oglindă i-a speriat total. Cei doi nu sunt novici. Ea, adică Anna, nu s-a simțit niciodată atât de aproape de răul pur ca atunci când a fost în oglinda ta."

Îmi amintesc de sentimentul de beatitudine când eram cu Darryl. Senzația atingerii lui. Legătura lui cu fiul său. Ceea ce spunea mi se părea ridicol și spun și eu așa.

„Ce vrei să spui?"

„În primul rând, am fost și eu acolo. Da, era foarte întuneric. Era umed și chiar puțin urât mirositor, dar nu am simțit o prezență a răului în aer. Dacă răul se ascundea în acel întuneric, atunci ne-ar fi putut lua pe oricare dintre noi în orice moment. Eram la mila lui. Atunci de ce nu a făcut nimic?"

„Ea spune că diavolul vrea doar sufletele celor răniți. Cei care au comis răul sau au făcut fapte rele. Singurele excepții sunt cei care vin la el de bunăvoie și care au inima curată."

„Și Anna, unde se încadrează ea în acest scenariu? întreb eu.

„Anna a spus că dacă tu și copilul în special nu ați fi fost acolo, atunci chestia ar fi luat-o pe ea. Spune că i-a șoptit că e pierdută, că e a lui înainte să intri în oglindă. Când ai făcut-o, o lumină a emanat din copil. Nu era o lumină puternică. Era slabă, dar a fost suficientă pentru ca ea să știe că erai acolo. Acea lumină a condus-o la tine și, în ultima secundă posibilă, te-a apucat și ai scos-o afară. Fără copil, fără tine, ea ar fi fost pierdută, sufletul ei ar fi rămas veșnic blocat acolo.”

Fără să mă gândesc la asta, mângâi piciorul bebelușului. El se întoarce în mine.

Ridic privirea când un străin cu un clipboard intră în cameră. Poartă o încruntare la fel de mare ca Marele Canion, dar este cumva înroșit și palid în același timp.

„Sunteți Cath?”, întreabă el.

***

Nu poartă halat alb și nu este din familie sau un prieten.

Dau din cap, confirmând că sunt eu.

Ca răspuns, el strigă: „Aduceți-l”.

Doi curieri aduc un obiect mare, acoperit.

Înainte ca ei să-l dezvăluie, știu deja ce este. Oglinda. „Ce caută aia aici? Nu v-am cerut să o aduceți.”

„Semnează aici.” Bărbatul îi întinde lui Moni un stilou. Ea refuză categoric să semneze la început, dar bărbatul ridică vocea. Amenință că va face scandal, așa că ea semnează, dar numai după ce îi spun eu să o facă.

„Ne vom gândi ce să facem cu ea după ce pleacă aceşti doi clovni - fără supărare".

Moni rânjeşte şi eu la fel.

Livratorii se retrag.

„Şi acum ce facem?" întreabă Moni stând cât mai departe de oglindă fără să iasă pe uşă.

Mă simt în siguranţă acolo unde sunt, pe pat, învelită în pături. De aici, mă pot strădui să ignor elefantul din cameră. Ce naiba făcea aici şi cine l-a trimis?

***

Telefonul lui Moni sună, făcându-ne pe amândoi să sărim. Ea este ocupată să împingă oglinda într-o parte, lângă fereastră.

„Mă întorc imediat", spune ea.

În drum spre mine, un nou însoţitor vede oglinda şi o descoperă. „Ce oglindă frumoasă", spune el. „Rama şi lemnul în special sunt absolut uimitoare." Îşi trece degetele peste mâinile gravate, unite, şi spune: „Japoneză, nu-i aşa?"

„Nu ştiu, dar se află în familia mea de zeci de ani."

Asistentul poziţionează oglinda astfel încât să fie vizibilă în vederea mea periferică. O parte din ea este îndreptată spre mine şi o parte spre fereastră.

Se uită la partea din spate a acesteia. „Am mai văzut aşa ceva. Dacă vreţi să o vindeţi vreodată, vă rog să sunaţi aici şi să întrebaţi de mine sau să lăsaţi un mesaj.

Numele meu este Daniel Chung." Îmi dă cartea lui de vizită.

„Mulţumesc", spun eu când Moni se întoarce în cameră.

„Este totul în regulă?", întreabă ea, uitându-se la oglindă şi văzând-o pe însoţitoare mângâind-o.

„Da", răspund eu, "Daniel îmi spunea că i se pare că oglinda este japoneză. A spus că a mai văzut aşa ceva. Oh, şi ar fi interesat să o cumpere. Asta, dacă aş vrea vreodată să mă despart de ea."

Moni păleşte.

Daniel îmi verifică pulsul. Confirmă că totul este în regulă şi mă întreabă dacă am nevoie de ceva.

„Ce tip ciudat", spune Moni.

Mi se rupe apa.

***

Lucrurile se întâmplă prea repede. Monitoarele o iau razna. Încep contracţiile. Sunt dilatată şi gata să împing. Ritmul cardiac al bebeluşului scade, la fel şi tensiunea lui. M-au dus în sala de operaţie şi au început să mă pregătească pentru o cezariană de urgenţă. Mi-aş fi dorit atât de mult ca Darryl să fie aici cu mine.

Totul este la îndemână. Mă ridică şi intră pentru a-mi salva fiul.

Sunt inconştientă, nu văd şi nu simt nimic. Mă uit la personalul spitalului cum se mişcă. Ascult maşinile. Sper şi mă rog ca fiul meu să fie bine.

Îl ridică, astfel încât să îl pot vedea.

El nu plânge.

Este albastru.

Eu ţip.

Cineva îmi înţeapă un ac în braţ.

Dorm ştiind că fiul meu e mort.

***

Mă trezesc şi îmi amintesc.

„Vreţi să îl ţineţi în braţe?", mă întreabă o asistentă.

Eu dau din cap.

Ea părăseşte camera.

Eu mă dau jos din pat.

Fiul meu ajunge într-o vitrină, înfăşurat într-o pătură verde. Poartă o şapcă tricotată asortată.

Ea mi-l dă. Lacrimile îmi alunecă pe obraji în timp ce îi sărut fruntea rece şi ne văd reflectaţi în oglindă în cealaltă parte a camerei.

Mă îndrept spre ea.

Sunt încă o mamă. Ţinându-mi fiul în braţe.

Îi sărut fiecare pleoapă.

Pământul de sub picioarele mele începe să tremure, în timp ce soarele strigă lumină în cameră, în oglindă şi în fiul meu.

Pleoapele lui se deschid. Mă vede. Mă cunoaşte.

Apoi dispare.

Mă împiedic, ţinând în braţe lejeritatea nimicului.

Acolo, în oglindă, Darryl îl ţine în braţe pe fiul nostru.

„Te iubesc", spune Darryl sărutându-i fruntea.

„Şi eu te iubesc", spun eu în timp ce fiul nostru începe să plângă.

Oglinda începe să se învârtă mai întâi încet, apoi prinde viteză. Se loveşte şi se mişcă, răsucindu-se de parcă ar fi pe cale să zboare.

Hipnotizată, nu pot să mă uit în altă parte.

Mâna lui Darryl iese din oglindă, iar eu o iau.

Şi suntem împreună pentru totdeauna Darryl, copilul nostru şi cu mine

DORINȚA DE MOARTE

Î I ERA GREU SĂ se gândească la altceva.

Trăia în perioada perfectă. Un timp în care putea găsi orice pe internet.

Videoclipuri și fotografii. Tot ce avea nevoie să știe despre asta. Chiar și lucruri care îl înspăimântau de moarte! Și putea face asta la serviciu sau acasă.

Tot ce trebuia să facă era să țină mai multe file deschise și, atunci când avea nevoie, să schimbe între ele. Era ca un spion, jucând un joc de-a șoarecele și pisica despre care numai el știa că se joacă.

Își petrecea fiecare oră de veghe - sau cât de mult putea - cercetând. Aranjând și rearanjând piesele din puzzle. Pregătirea era cheia. Să le adune pe toate, până când era pregătit. Ar fi fost ușor atunci și, având toate datele pe masă, ar fi eliminat posibilitatea eșecului.

„Eșecul nu este o opțiune", și-a spus el, întrebându-se cine a spus-o primul. Curios, a căutat-o pe Google. A găsit o carte cu același

nume atribuită lui Gene Kranz, directorul de zbor al misiunii de control a NASA.

Problema cu cercetarea pe internet - distragerile. Atât de uşor să te abaţi de la drum. Într-o gaură întunecată. Dacă nu avea grijă, timpul ar fi zburat şi în curând ar fi fost mult prea bătrân pentru a mai face asta.

Şi apoi erau întreruperile. Viaţa avea intruziunile ei, atât bune, cât şi rele. Trebuia să recunoşti - puteai să treci prin viaţă făcând lucruri pe care le iubeai sau lucruri pe care le urai, dar în orice caz, timpul fugea de tine şi nu puteai face nimic pentru a-l controla.

Tot ce puteai face era să închizi uşa, să speri şi să-ţi doreşti ca lumea să dispară. Uneori, acesta nu era un sentiment prea bun pentru acei oameni din viaţa ta pe care îi iubeai, cum ar fi soţia ta. Sau câinele tău.

Uneori simţea că ar trebui să cadă să-i mărturisească totul soţiei sale. Să se arunce la picioarele ei. Dar apoi se gândea cum s-ar fi simţit dacă secretul lui nu ar fi fost doar secretul lui. Cum ar trebui să răspundă la întrebări şi cum deciziile lui ar putea fi discutate. Fiecare părticică din el ar fi destrămată ca un biscuite de Crăciun.

Nu, a decis el. Secretul era singura cale. În plus, ea s-ar fi îngrijorat. Şi ar putea implica şi alte persoane, cum ar fi părinţii lui sau părinţii ei sau prietenii lor. Atunci pisica ar fi ieşit din sac.

S-a întrebat de unde provine această expresie. A căutat-o şi a râs la dezbaterile de pe internet, în special la comparaţiile dintre germană şi olandeză cu „porcul în cuşcă". A derulat în jos, dorind să afle numele autorului, dar a renunţat când soţia lui a „he-hemmed", în spatele lui. A schimbat ecranul pe ceva neutru.

„Încă câteva minute", a spus el.

Ea a închis ușa în urma ei.

De fiecare dată când își băga capul în ușă... Chiar și după ce ea dispăruse... Se simțea de parcă avea din nou șapte ani și fusese prins cu mâna în borcanul cu prăjituri.

Al naibii catolicism, se gândea el.

Se simțea vinovat pentru tot.

Nu era ca și cum s-ar fi masturbat sau ceva de genul ăsta.

El lucra.

În mare parte, muncea.

Adevărat, nu era plătit, dar tot muncă era. Avea un scop. A căutat cuvântul „muncă". O definiție era „o formă de tortură".

A râs.

A încercat să se concentreze, dar nu putea pentru că se simțea al naibii de vinovat. Ca și cum soția lui ar fi fost mereu cu ochii pe el. Îl mustra - ceea ce nu făcea. Mintea lui striga: „Nu contez?" Și-a acoperit urechile și s-a strâmbat. Simplul gând că ea îl denunța, cuvintele ei tăindu-l ca untul, îl făcea să-și muște degetul mare...

„Îți muști degetul de la noi, domnule?" a întrebat el camera goală.

„Ai spus ceva?", l-a întrebat soția lui prin ușa închisă.

„Nu", a spus el. Apoi, în sinea lui, „Nu-mi musc degetul de la voi".

Acestea erau singurele replici din Shakespeare pe care și le amintea. Ca și Shakespeare, era un pic regina dramei.

S-a întors la muncă, simțindu-se vinovat acum pentru că o mințise pe Jayne.

Nu era ca și cum s-ar fi uitat la filme porno sau ceva de genul ăsta. Unii dintre colegii lui aveau plăcerile lor online vinovate, dar asta nu era treaba lui. Când se lăudau cu cuceririle lor, îi venea să dispară. Unul dintre prietenii lui căsătoriți se înscrisese pe mai multe site-uri de întâlniri online. Îi trimiteau fotografii pe telefoanele lor, iar el nici măcar nu le cunoscuse în persoană. Și mai erau și dependenții de pornografie online. Vorbeau despre asta, chiar se lăudau.

Îl făcea să se simtă rău. Îl făcea să se simtă rușinat să fie bărbat.

Pe de altă parte, multe dintre soții cumpărau cătușe roz cu volane după ce citiseră acea carte sexy de pe lista celor mai vândute. Soția lui a încercat să o citească și ea, dar fiind profesoară de engleză, nu a putut trece peste scrisul prost. Prietenele soției lui îi tot spuneau să încerce. I-au spus să ignore stilul de scriere, dar profesorul din ea nu i-a permis să o facă.

Încă o dată, își lăsa mintea să se rătăcească. A căutat titlul cărții sexy și a descoperit pe YouTube o păpușă nepotrivită care citea câteva capitole. Și-a pus căștile în urechi, a ascultat și a râs în ciuda lui. Cineva se chinuise mult să o pună la punct.

Dar nu era nimic mai mult decât o distragere a atenției. Trebuia să se întoarcă la ceea ce avea de făcut. Se ura când nu se putea concentra, și totuși, era atât de ușor distras.

Chiar atunci, câinele său, Buddy, a lătrat, iar el s-a uitat la ceas. Buddy era afară de aproape treizeci de minute.

Simțindu-se vinovat, a sărit în picioare și a făcut câțiva pași spre ușă fără să schimbe ecranul. Buddy a lătrat din nou, iar el s-a întors pentru a-şi închide laptopul. Mai bine să previi decât să regreţi, s-a gândit el în timp ce ieşea din cameră şi mergea pe coridor.

„Prea puţin, prea târziu", a spus Jayne pe un ton râzând în direcţia lui, în timp ce Buddy venea sărind spre el.

„Scuze", a spus el, «abia l-am auzit».

„Nu-ţi face griji", a spus ea, «am fost mai aproape». Apoi s-a întors să citească şi să corecteze lucrările elevilor ei.

El şi Buddy s-au întors pe hol şi au intrat în biroul lui. „Îmi pare rău, Bud", a spus el când câinele s-a aşezat pe podea şi a început să-i lingă faţa. „Ţi-a fost dor de mine, Buddy?", a întrebat el în mod repetat, în timp ce Buddy lătra un da.

„Mai bine mă întorc la muncă, Bud", a spus el resemnat.

S-a întors la biroul său. S-a aşezat, hotărât acum să se concentreze.

S-a aplecat mai aproape de ecran, cântărind în tot acest timp avantajele şi dezavantajele. Nu a scris nimic şi nu a luat notiţe. Dacă ar fi făcut-o, cineva le-ar fi putut găsi şi citi. Atunci ar fi trebuit să explice totul, iar asta nu ar fi fost o conversaţie la care ar fi vrut să ia parte, acum sau vreodată.

„Vrei o ceaşcă de ceai?" a strigat Jayne din bucătărie.

„Nu, mulţumesc", a spus el.

Distracţii şi iar distrageri. Cinci cuvinte simple, cum ar fi „Vrei o ceaşcă de ceai", îi puteau trimite creierul în spirală. Începea să se gândească la asta şi la aia şi la modul în care totul era conectat. Următorul lucru pe care îl ştia era că era un băieţel care se dădea în leagăne în curtea din spate a părinţilor săi. Apoi se vedea legănându-se de un copac în parc. Ar fi fost prea obosit pentru a mai face cercetări. Nu epuizat fizic, înțelegeți, ci mental.

Totuși, astăzi era ziua lui. Era duminică, iar Jayne avea să-și petreacă cea mai mare parte a zilei corectând lucrări și apoi pregătind cina. Sigur, ea se aștepta ca el să iasă din „peștera" lui la un moment dat. Așa îi spunea ea biroului său. O referire directă la acea carte pe care o văzuse la Oprah. Soția lui îi făcuse cadou un exemplar, sperând că-l va scoate din peștera bărbaților. Nu-și amintea cu ce ocazie, dar din ce încercase să citească, părea o porcărie.

Jayne a bătut din nou la ușă.

A avut suficient timp să dea din nou click pe pagina site-ului companiei sale, înainte ca ea să-i pună brațele în jurul gâtului și să-l sărute pe creștetul capului.

El și-a cocoțat involuntar umerii. Își ascundea munca, imaginându-și că ea era interesată de ceea ce avea el pe ecran.

Fusese interesată, pentru că comentase că Facebook era deschis în altă fereastră. Se simțea ca un idiot care pierde timpul într-o după-amiază de duminică uitându-se la Facebook. Sau, altfel spus, se simțea ca un idiot pentru că Jayne credea că, într-o duminică după-amiază, el ar prefera să-și petreacă timpul răsfoind Facebook - în loc să petreacă timp cu ea. Nu era deloc așa, iar el voia ca ea să fie liniștită.

Dar, în același timp, s-a gândit că orice ar fi crezut ea, în acest moment era discutabil.

A derulat cu uşurinţă e-mailul de la serviciu, pretinzând că este extrem de ocupat, când a apărut o fereastră de actualizare a situaţiei. A închis-o repede, dorindu-şi ca Jayne să plece.

„Vei fi gata de plecare cât de curând, iubire?" a întrebat Jayne.

„Sigur, dă-mi cinci minute", a spus el, iar când ea s-a apropiat de uşă, "sau poate zece?"

„Bine, zece să fie, dar chiar ai nevoie de puţin aer proaspăt astăzi. La fel şi eu. În plus, o să pregătesc plumbul lui Buddy şi poate veni şi el."

„Bună idee", a spus el, ştiind foarte bine că Buddy abia aştepta să iasă afară mai mult decât el.

***

Este suficient să spunem că aventura lor în aer liber nu a durat prea mult. A dus la mall. Mulţimi. Salariaţi. Pierzători de timp. Hemoroizii de săptămâna viitoare. A zâmbit, dar nu a simţit nevoia să împărtăşească gluma lui cu Jayne.

Jayne s-a oferit să pună totul deoparte, aşa că el a lăsat-o.

Voia şi avea nevoie să intre în bârlogul lui şi să închidă uşa. Odată ajuns înăuntru, a făcut ca o broască ţestoasă, cu cămaşa în jurul capului. A stat acolo aşa, căutând linişte şi consolare până când s-a liniştit suficient pentru a-şi începe din nou cercetările.

Când capul i s-a ridicat din nou, a auzit-o pe Jayne pregătind cina. Fredona pe un canal de radio vechi. Şi-a imaginat-o pe Jayne la aragaz cu Buddy stând acolo, aşteptând răbdător să primească un gust sau două.

Ăsta era Bud-meister pentru tine. Întotdeauna aștepta, și cu ochii aceia care-l priveau, trebuia să-i arunci ceva. O să-i fie tare dor de câinele ăla.

Și-a spart încheieturile de câteva ori, ca un pianist profesionist. Apoi, și-a trasat degetele pe tastatură. Căutare Google. Ceea ce a apărut, însă, era total diferit de orice văzuse până atunci!

Era online. Existau videoclipuri cu oameni care o făceau. Făcând-o! Urmărindu-l pe primul, s-a simțit aproape ca și cum ar fi fost el persoana din videoclip. Inima îi bătea tare, la fel și pulsul. Nu-i venea să creadă că simpla vizionare a unui videoclip putea provoca o asemenea reacție.

Cineva ar trebui să se plângă de asta, s-a gândit el și apoi, ar trebui să mă plâng de asta. Dar nu avea de gând s-o facă. A vizionat încă unul, și încă unul, și încă unul. De fiecare dată, se simțea el însuși persoana în cauză. De fiecare dată, inima aproape că i-a sărit din piept.

L-a oprit. Era prea mult. Mult, mult prea mult!

A continuat să se joace cu ceea ce văzuse iar și iar în minte. Nu putea scăpa de asta. Și cu cât se gândea mai mult la asta, cu atât devenea mai speriat. Cu cât era mai înspăimântat, cu atât curajul îi scădea, până când s-a întrebat dacă ar putea merge până la capăt.

Totul era în ochi. Ochii cuprinși de panică ai victimelor!

Le-a analizat expresiile faciale. A decis că arătau așa pentru că, spre deosebire de el, nu făcuseră nicio cercetare în prealabil.

S-a gândit că s-au hotărât pur și simplu și au făcut-o. Ideea asta nu o putea înțelege.

Era mult prea riscantă, și dacă se răzgândeau?

Dacă el se răzgândea, în ultimul moment?

Nu dorea să i se întâmple asta.

El era cu siguranţă diferit de ei.

Poate că era prea precaut.

Poate că era prea monoton şi prea plictisitor pentru a-şi putea schimba viaţa - pentru a putea prelua controlul asupra vieţii sale. Totul se datora faptului că fusese atât de mult timp la mila benzii de rulare a Corporaţiei. El şi toţi ceilalţi hamsteri. Din când în când, din când în când, fără nimic de arătat.

Îşi ura viaţa. Da, o iubea pe Jayne şi îl iubea pe Buddy, dar viaţa e mai mult decât muncă şi pat.

Da, să faci dragoste era frumos, şi să te îmbrăţişez era frumos. Prietenii, familia şi toate celelalte chestii emoţionale erau frumoase. Dar viaţa trebuia să aibă mai multe de oferit. Pur şi simplu trebuia! Şi avea de gând să întindă mâna şi să apuce acel inel înainte de a fi prea târziu.

Pentru că ştia că dacă nu făcea ceva pentru ca existenţa lui pe această planetă să însemne ceva cât mai curând - atunci ar fi putut la fel de bine să nici nu fi fost aici.

Îşi închise laptopul, îşi lăsă capul în jos şi adormi.

***

În visul său, nu avea picioare. Era doar un cap şi un trunchi, aşezat la birou, scriind. Nu avea nici un scaun special. În vis, el stătea pe acelaşi scaun ca întotdeauna, cu role pe picioare. Atunci când tasta, vibraţia degetelor sale care se mişcau pe tastatură îi făcea trunchiul să se deplaseze şi să se balanseze. Deoarece scaunul nu avea braţe, trunchiul său se înclina în direcţia mâinii cu care tasta.

Era ciudat, dar nu îi era teamă să cadă în lateral. Se simţea neînfricat şi, destul de ciudat, inspirat.

Apoi un cântec a început să răsune foarte tare, undeva în fundal. Era Mozart sau Beethoven sau unul dintre acei compozitori clasici. Ceva în capul lui îl făcea să vrea să bată din degete - dar nu avea degete. S-a trezit singur şi a scos un ţipăt.

Jayne şi Buddy au venit în fugă, deschizând uşa. „Ai o amprentă de măr pe obraz", a spus Jayne după ce şi-a dat seama că era bine.

„Îmi pare rău", a spus el.

„Cina e aproape gata", l-a informat ea.

„Bine", a spus el.

Ea a făcut mişcarea de a închide uşa în urma ei, dar el a spus că e în regulă să o lase deschisă. Ea avea o expresie mirată pe faţă, dar nu a mai spus nimic.

După ce i s-a alăturat în bucătărie, el s-a dus la frigider după o bere. Au luat cina într-un mediu plăcut, dar nu vorbăreţ. Se iubeau, dar uneori dragostea nu era suficientă.

Nu a fost de ajuns când Jayne a aflat că nu poate avea familia pe care şi-o dorea. Făcuse test după test şi totul părea să meargă bine. Apoi el a fost testat, iar speranţele şi visele lor s-au năruit. Nu avea suficienţi înotători sănătoşi. Atunci a murit orice speranţă de a avea o familie.

La început, a fost amabilă în legătură cu asta. Era aproape ca şi cum ar fi fost uşurată, pentru că problema era a lui şi nu a ei, ceea ce era bine - dar cumva îl făcea să se simtă mai prejos decât un bărbat. Nu a vorbit niciodată cu ea despre asta. Sau cu oricine altcineva, de altfel.

După şocul iniţial, au luat în considerare alte opţiuni, cum ar fi adopţiile, FIV sau surogatele. Niciuna dintre aceste opţiuni nu-l atrăgea. În adâncul sufletului său, simţea că Jayne merita pe cineva mai bun decât el. Cineva care îi putea oferi tot ce îşi dorea.

În acea perioadă, el şi Jayne se întorceau acasă de undeva şi au observat un adăpost pentru animale. Câini şi pisici fără adăpost. Cuplul nu luase în considerare până atunci opţiunea de a adopta un animal de companie.

„Am putea să aruncăm o privire", a sugerat Jayne.

„Cred că nu ar strica", a fost de acord el.

Odată intraţi în adăpost, lătratul şi mieunatul i-au lovit puternic. Doi Cockatoos s-au alăturat discuţiei.

Se simţea claustrofobic şi voia să iasă afară.

Jayne a început să vorbească cu unul dintre Cockatoos, iar tonul vocii ei părea să le placă. S-a uitat la el cu o expresie plină de speranţă.

„Nu sunt de acord cu închiderea păsărilor în cuşti", a spus el.

„Hmmm", a spus ea în timp ce se îndrepta spre pisici. „Sunt atât de multe", a observat Jayne. „Ar fi dificil să alegi."

„Aş prefera un câine", a spus el.

„Hmmm", a repetat ea.

În consecinţă, rătăcirea lor prin adăpost i-a condus la Buddy. Numele lui de atunci nu era Buddy.

Personalul adăpostului îl botezase Buster, iar el se afla la adăpost de puţin peste o lună. Era o minge mare de blană, cu picioare prea mari pentru corpul său. Se îndrepta neîndemânatic spre ei. Se poticnea şi se prăbuşea. În timp ce plimbătorul de câini încerca fără succes să îl țină în frâu. Dar era ca și cum Buster avea o minte unică.

Se îndrepta direct spre ei. Și-a întins corpul pe pământ, la picioarele lor. Câinele i-a privit drept în ochi și nu a existat nicio îndoială că Buster urma să fie adoptat în acea zi.

„Pot să-i schimb numele în Buddy?", a întrebat el.

„Nu știu - încearcă-l", i-a sugerat plimbărețul de câini.

„Vino aici, Buddy", a spus el. „Vino aici, băiete."

Urechile lui Buddy s-au dat pe spate și a sărit în brațele lui. În acea zi au devenit o familie de trei persoane, iar din acel moment viața lor s-a învârtit în jurul lui Buddy.

Ochii lui încă i se umflau de fiecare dată când își amintea de acel moment. Îi va fi dor de Buddy și îi va fi dor de Jayne, dar vor trece peste asta. Aveau să meargă mai departe, în timp, și aveau să fie mai buni pentru asta.

Sau cel puțin asta își tot spunea.

Seara, s-au dus la culcare la aceeași oră. Ea a citit o carte, iar el a încercat să citească, dar nimic nu i-a putut reține atenția. Așa că el doar se gândea și se holba și se gândea și se holba. Și când Jayne îi vorbea despre cartea pe care o citea, el dădea din cap, dar nu asculta cu adevărat. Ea nu se aștepta să o facă. Buddy era la capătul patului, sforăind cu mult înaintea lor.

Când ea adormea, el se ridica și pășea. Nu-l lăsa pe Buddy să se plimbe cu el, pentru că lăbuțele lui bătând în sus și în jos pe hol ar fi trezit-o pe Jayne. La un moment dat, în timpul nopții, s-a gândit că se poartă nechibzuit. Își spusese că trebuie doar să treacă de încă o săptămână la serviciu și apoi totul se va rezolva de la sine.

Tragea de timp, asta știa, dar nimic nu se schimbase.

Era inevitabil.

***

Totuși, luni dimineața a venit, iar alarma a sunat.

A mers la Buddy și a mâncat niște pâine prăjită cu unt. A băut o ceașcă de cafea și a sărutat-o pe Jayne înainte de a merge la birou. A stat în traficul blocat timp de douăzeci de minute. A ascultat știrile și pălăvrăgeala până când a tânjit după liniște. A inspirat adânc în timp ce mașinile înaintau la fiecare câteva momente.

„De ce aștept în trafic în fiecare zi pentru a ajunge la o slujbă pe care o urăsc?", s-a întrebat cu voce tare.

„De ce sunt atât de plângăcios?", a răspuns el cu o altă întrebare.

Pentru că trebuie să faci ceva, i-a spus o voce din capul lui. Trebuie să-ți pornești inima. Trebuie să fii neînfricat. Trebuie să faci pipi sau să ieși din oală!

Mai ușor de spus decât de făcut, se gândi el. Mai ușor de spus decât de făcut.

La birou, a salutat-o pe recepționistă, care i-a spus că șeful așteaptă înăuntru.

„Aveam o întâlnire programată?", a întrebat el în timp ce derula orarul de pe telefon.

„Nu", a confirmat ea.

Când a intrat în birou, a simțit cum i se formează o picătură de transpirație pe frunte. Șeful său s-a ridicat în picioare, au făcut schimb de salutări și și-au strâns mâinile ca și cum ar fi fost prima dată când se întâlneau.

Ciudat, s-a gândit el, din moment ce lucrez aici de șapte ani.

„Stai jos", a spus şeful său. Părea un ordin direct, aşa că a făcut-o, deşi se afla în propriul birou. Pe propriul său teritoriu.

„Cu ce vă pot ajuta, domnule?", a întrebat el.

„Mi s-a adus la cunoştinţă că aţi petrecut destul de mult timp - nu, trebuie să fiu sincer cu dumneavoastră - destul de mult timp în ultima vreme pe Google. Nu aţi adus niciun client nou. Sinceră să fiu, eu... noi, ca firmă, suntem îngrijoraţi, pentru că nu vă ţineţi de treabă. Tragerea sarcina ta. "

A ezitat câteva secunde. Avea gura deschisă, dar apoi a închis-o, fără să spună nimic.

„Ce ai de spus în apărarea ta?", l-a întrebat şeful său, "Vreo, uh, explicaţie?"

„Nu," s-a bâlbâit el. „Eu doar..."

„Spune-o, băiete", a spus şeful. „Trebuie să existe o explicaţie!"

El a clătinat din cap.

„Poate că ai probleme de familie?"

„Nu."

„Alcool? Droguri? Moarte în familie? Divorţ?"

A clătinat din cap că nu. Dacă ar fi fost adevărat!

„Haide, omule", a spus şeful său, exasperat. „Dă-mi ceva cu care să lucrez. Orice!"

„Am fost foarte stresat. O mulţime de presiune."

„Da, asta e, băiete. Ştiu că te-am prins cu garda jos venind în biroul tău pe neaşteptate, dar acum începi să înţelegi, băiatul meu. Spune-mi mai multe. Cum te putem ajuta? Adică, eu şi partenerii."

„Nu prea ştiu", a spus el. „Cred că ar fi mai bine dacă m-aţi concedia."

„Acum, acum, cine a spus ceva despre concedierea ta? Nu am ajuns încă la acel punct. Ai șapte - numără-i - șapte ani buni sub centura ta aici. Ei bine, hai să fim realiști - probabil sunt mai mult de șase și jumătate - dar ești un membru valoros al echipei noastre. Vrem să te ajutăm, dacă ne lași. Cum te putem ajuta, băiete?"

„Dacă nu vă gândiți să mă concediați, ați lua în considerare un concediu? Poate o lună liberă? Fără plată este bine. Nu mă deranjează. I-"

„Fără salariu, spui tu. Ei bine, nu este nevoie să rămâi fără salariu. Voi întocmi actele astăzi. Îi vom spune, Concediu de stres. O lună plătită integral. Ia-ți soția și pe Buddy și plecați într-o vacanță frumoasă undeva. Relaxează-te." S-a ridicat în picioare, s-a aplecat peste birou și și-au strâns din nou mâinile.

„Mulțumesc, domnule", a spus el. „Mulțumesc. Serios."

„Heather îți va da hârtiile pe care să le semnezi înainte de sfârșitul zilei. Lucrați astăzi, terminați tot ce puteți și apoi delegați restul altcuiva. Voi trimite un memoriu la nivelul întregii companii, spunând că vei avea o lună liberă - dar nu vom spune de ce, desigur." Și-a atins nasul, ca și cum ar fi afirmat secretul lor comun. „Asta va rămâne între noi doi."

S-a ridicat și și-a condus șeful până la ușă. Șeful său l-a bătut pe spate.

„Ai grijă de tine și nu-ți face griji pentru lucrurile de aici. Noi vom ține fortul până te întorci."

„Mulțumesc din nou, domnule", a spus el, și chiar a reușit să zâmbească pentru o clipă.

Apoi s-a aşezat la calculator şi s-a întors din nou la cercetările sale. La sfârşitul zilei, toată lumea s-a adunat în jurul lui. Spera că nu-i cumpăraseră cadouri sau altceva. Nu îi cumpăraseră.

A fost o despărţire frumoasă. Şi-a împachetat toate lucrurile personale în geantă şi s-a simţit foarte uşurat când s-a urcat înapoi în maşină.

Ca de obicei, a ajuns acasă înaintea lui Jayne. L-a luat pe Buddy la o plimbare rapidă în jurul blocului şi apoi s-a întors la computer. S-a uitat la testamentul său şi s-a gândit să facă câteva modificări.

Jayne era încă singura binefăcătoare. A decis să lase ceva adăpostului de animale unde îl găsiseră pe Buddy. Era o sumă bună - ar fi putut ajuta o mulţime de animale de companie vagabonde cu banii ăştia şi, făcând asta, viaţa lui ar fi însemnat ceva.

„Vino aici, Bud", a spus el. „Trebuie să ai grijă de Jayne acum, bine? Mă bazez pe tine."

Buddy a sărit în sus şi şi-a pus labele pe umerii lui. S-au îmbrăţişat. El şi-a şters o lacrimă din ochi.

Împreună s-au dus la bucătărie. I-a umplut castronul cu mâncare lui Buddy, apoi a dat drumul la apă rece de la robinet şi i-a umplut castronul cu apă.

Buddy s-a dus direct la mâncare, dar el l-a prins pentru o nouă îmbrăţişare. Şi-a stăpânit un plâns în timp ce se ducea în dormitor şi începea să pregătească o geantă de noapte. A aruncat în ea doar lucrurile de bază, şi-a lăsat paşaportul deasupra biroului şi apoi s-a aşezat să îi scrie lui Jayne un bilet.

Scria:

Dragă Jayne, te iubesc mai mult decât orice, dar cred că ţi-ar fi mai bine fără mine. Te rog să ai grijă de Buddy pentru mine. Îmi pare rău că trebuie să fie aşa, dar am făcut un jurământ să te fac fericită, iar asta e singura cale.

XOXO infinit.

Soţul tău iubitor.

În timp ce conducea de-a lungul autostrăzii Princess, se gândea la lucrurile pe care le regreta cel mai mult. Nu-şi urmase visele. Nu o lăsase pe Jayne să şi le urmeze pe ale ei. În primele zile, fuseseră o forţă de luat în seamă. Dar acum, ei - ei bine, lucrurile erau diferite. Ea îşi dorise să călătorească, să zboare, să decoleze şi să împărtăşească aventuri împreună, dar el se dăduse întotdeauna înapoi.

Regreta frica. Se ura pentru frica asta.

Îl făcea să se simtă mai puţin bărbat. Şi apoi, când nu a avut destui înotători - ei bine, asta a fost picătura care a umplut paharul.

Atunci a început să se îndoiască de tot. De ce a fost pus pe pământ? Care era scopul lui?

Cum ar putea schimba lucrurile?

Şi-a amintit de dimineaţa aceea, când o sărutase pe Jayne pentru ultima oară. Desigur, ea nu ştia asta, dar el ştia. Chiar dacă nu i-ar fi dat o lună liberă, nu se întorcea mâine pentru nimic. Nu, el avea alte planuri. Alte locuri în care să fie. Alte lucruri de făcut.

Pentru prima dată, în foarte mult timp, avea un scop.

A trebuit să oprească maşina atunci, să tragă pe dreapta. Abia a reuşit să iasă din maşină la timp. Mâinile îi tremurau în timp ce vomita. Nervi. Frică. Furie. Umilință. Toate îi treceau prin organism, tulburându-l.

În timp ce se urca înapoi în Lexus, telefonul lui a început să sune. Era Jayne. A apăsat pe buton ca să nu mai sune și a trimis apelul direct la căsuța vocală. A privit cum telefonul s-a aprins câteva momente mai târziu cu un mesaj. A apăsat pe buton pentru a asculta.

„Tocmai am ajuns acasă și ți-am găsit biletul - nu înțeleg. Buddy și cu mine nu înțelegem." La momentul potrivit, Buddy a lătrat. „Vino acasă, bine? Vino acasă și putem vorbi despre asta. Să discutăm despre asta." Ea a pufnit. „Ești acolo? Mă asculți? Ascultă!" Vocea lui Jayne s-a stins pentru câteva secunde. Mesajul a expirat. Ea a sunat din nou. „Știu foarte bine că asculți, tu, tu - te iubesc. Răspunde-mi!"

A închis, și-a închis telefonul și l-a pus în torpedou. Îl vor găsi acolo- după aceea.

Când s-a îndepărtat de bordură, a făcut roțile mașinii să scârțâie. A accelerat motorul, a pus piciorul pe podea și a plecat în viteză.

A condus aproape toată noaptea. Era un pic paranoic că Jayne ar putea implica poliția, dar nu s-a întâmplat nimic. A sperat că nu va fi prea supărată pe el.

Nu mai era cale de întoarcere.

În plus, nu voia să se întoarcă.

La urma urmei, realizase tot ce-și dorea - tot ce putea.

***

Stând în vârful muntelui, genunchii îi tremurau necontrolat. A împins câteva pietre de pe margine și a privit cum se prăbușeau în drumul lor spre bază. A ascultat cum au coborât, pocnind și izbindu-se de piatră. În cele din urmă, a auzit doar cea mai slabă stropire, iar apoi, în sfârșit, s-a făcut liniște.

Era o priveliște minunată - Munții Albaștri - și acum, tot ce citise despre ea avea sens. Când stăteai aici sus, te simțeai mic în mărime și statură, dar parte a ceva mai mare decât tine. Te simțeai în armonie cu universul și, cumva, fără teamă.

Chiar atunci, un grup de cacadu gălăgioși și-a făcut simțită prezența. Țipetele lor puternice și ascuțite l-au făcut să-și acopere urechile.

Nu trebuie să faci asta, și-a spus el. Nu ai nimic de dovedit nimănui. Ai putea să te întorci acasă la Jayne și Buddy și nimeni n-ar fi mai deștept. Jayne ar înțelege dacă i-ai explica pur și simplu ce s-a întâmplat la birou. Ar înțelege perfect și te-ar susține.

S-a mai gândit o clipă la asta, în timp ce privea norii cum își croiesc drum pe cer.

Adevărul era că nu putea trăi cu el însuși. Cu frica constantă. Era prea mult pentru el ca să o pună deoparte și să se întoarcă acasă, prefăcându-se că nu s-a întâmplat niciodată. Dacă renunța acum și se întorcea la viața de dinainte, nu ar mai fi fost capabil să se privească în oglindă. Nu ar mai fi un bărbat, nu cu adevărat. Nu ar mai fi nimic. Viața lui nu ar mai însemna nimic.

„E acum sau niciodată", a spus el.

Și când a venit momentul, nu s-a mai gândit la asta.

Pentru prima dată în viața lui, era pe deplin hotărât.

S-a apropiat de margine și pur și simplu și-a lăsat corpul să cadă în față, începând cu capul. A fost ușor, din cauza pantei abrupte.

Curând, umerii, trunchiul și picioarele lui au coborât în jos într-o sincronizare perfectă.

A țipat. Nu s-a putut abține. A strâns puternic ochii, concentrându-se în timp ce vântul îl zvârcolea și îl zdruncina ca pe o păpușă.

S-a forțat să deschidă ochii și parcă zbura.

Se simțea de parcă nu mai avea greutate și i se părea că era menit să fie exact așa - să zboare. A râs în timp ce se scufunda spre fund ca o piatră.

Totul se terminase în câteva minute.

„Absolut bestial!", a exclamat el în timp ce atârna cu capul în jos de capătul unei frânghii elastice.

„Din nou! Din nou!", a strigat el în timp ce îl trăgeau înapoi în apă.

ADIO

„SPUNE-MI POVESTEA PRIMEI ÎNTÂLNIRI cu tati”, m-a
întrebat fiica mea de şapte ani, chiar dacă auzise aceeaşi
poveste de foarte multe ori.

„Eşti sigură, dragă?” am întrebat-o, ştiind foarte bine ce va
răspunde.

„Te rog!”, a spus ea, uitându-se la mine cu acei ochi mari şi
albaştri pe care îi moştenise de la tatăl ei.

„Versiunea lungă sau condensată?” am întrebat eu,
îndepărtându-i o şuviţă de păr din faţa ochilor.

„Lungă!”, a spus ea, aplaudând de parcă nu s-ar fi culcat
niciodată.

„Shh”, am spus eu. „Hmm, acum de unde a început totul?”

„'La revedere', a spus tati”, a răcnit fiica mea.

„Aşa este, dragă”, i-am răspuns, omiţând partea în care tatăl
ei m-a împins de portiera maşinii.

Mi-am apucat geanta, mi-am trecut braţul prin curea şi, aruncându-mi greutatea împotriva uşii ca şi cum aş fi fost un fundaş, am împins-o. Decampând mai întâi cu pantoful meu drept cu toc înalt, nu a durat mult până când mi-am dat seama că oprisem lângă o baltă adâncă până la glezne. Înainte ca creierul meu să înregistreze acest lucru pentru a evita ca piciorul meu stâng să intre în ea, a făcut-o deja. Totuşi, coboram, plecam, indiferent de daunele pe care le făcea pantofilor mei preferaţi.

„Oh", am spus eu, ieşind acum complet din vehicul cu spatele la şofer.

„Atunci ai călcat într-o baltă!", a ţipat fiica mea.

„Da, şi tatăl tău a chicotit în timp ce se îndepărta cu o deviere a roţii din spate, făcând ca conţinutul bălţii să se împrăştie pe restul corpului meu. Am îndepărtat apa murdară, rece şi urât mirositoare, ştergând-o înainte să se aşeze pe rochia mea. Cu cealaltă mână, mi-am ridicat degetul mijlociu în direcţia vehiculului abandonat,"

M-am oprit pentru că uitasem să scot partea asta.

„De ce ai făcut-o?", a început fiica mea.

„Nu contează", am continuat, "exact la timp pentru a-mi zări geanta de mână sărind pe lângă vehicul. Ack! Geanta aceea neagră îmi dăduse zece ani de fericire pentru că se potrivea cu orice şi în orice situaţie. Destinaţie dublă, putea fi purtată fie peste umăr, fie peste umăr şi pe piept. Avea compartimente încorporate pentru orice, inclusiv telefonul meu."

„Oh, nu, telefonul tău!", a exclamat ea.

„Da", am spus eu zâmbind. „Cum aveam de gând să mă scot din încurcătura asta? Mai important, te întrebi cum am ajuns în acest punct în primul rând. Și voi ajunge la asta într-un minut, dar mai întâi trebuie să-mi evaluez situația. Să fac un bilanț și să preiau controlul. În primul rând, mi-am scurs apa din pantofi când am ieșit de pe șosea, prin iarba plină de rouă și pe trotuar. Mi-am pus pantofii la loc, uzi cum erau, alegând umezeala în detrimentul târâtoarelor de noapte înfiorătoare care ar putea fi la pândă și m-am îndreptat spre cel mai apropiat felinar.

„Acum, punându-mi mâinile pe șolduri într-o poziție de Wonder Woman, m-am apucat să fac un plan pentru a mă scoate din încurcătura în care intrasem."

„Era un cartier frumos", a spus ea.

„Cu peluze îngrijite și nici o buruiană sau vehicul la vedere - toate erau ascunse în siguranță în garajele lor duble sau triple. Case drăguțe, cu oameni drăguți. Nu-i așa? Așadar, am decis fără întârziere să aleg o casă, să bat la ușa din față și să cer ajutor. Am ales casa cu numărul norocos șapte și m-am îndreptat spre ea. Pe drum,"

„Ți-a fost milă de tine, mami."

„Sigur că da. Nu meritam să fiu blocată în mijlocul unui teritoriu necunoscut, târziu în noapte, udă, puturoasă și fără niciun ban. Pe măsură ce mă apropiam de cel ales, numărul șapte, un vâjâit a umplut aerul, urmat de șuieratul unui aspersor automat care își croia drum. Nu am fugit la început, eram deja ud, dar când jetul de apă s-a întors asupra mea, țipând, am luat-o la fugă. Acum fața mea era udă de lacrimi pe care nu le plânsesem când am traversat pe peluza casei care speram că mă va salva. Numărul șapte."

„Nu ar trebui să vorbești niciodată cu străinii, mami", a spus fiica mea.

„Așa este, dragă, dar aveam probleme, eram udă și nu aveam telefon. Tu trebuie să ai întotdeauna telefonul tău și numerele lui tati și ale bunicii și mătușii Lil sunt în el."

„Și eu știu numărul tău, al lui tati și al bunicii în capul meu."

„Ai dreptate, iubito. Deci, înapoi la poveste. Nu ai obosit încă un pic?"

„Nu, încă aștept partea cea mai bună!"

Am continuat: „Acum, că eram aici, mă întrebam cât e ceasul. Și mă întrebam dacă e cineva acasă. Și mă întrebam dacă erau acasă, dacă m-ar fi ajutat. Eram udă, murdară și nu aveam niciun act de identitate. Încrederea mea scădea pe moment, în timp ce mă întorceam, sprijinindu-mă de soneria care răsuna de sus până jos în casă, în timp ce luminile pâlpâiau și se stingeau. Și am fugit. Înapoi spre locul unde fusesem lăsată. Pe un teritoriu cunoscut. Mergeam până la magazinul de la colț, unde aveau un telefon pe care mi-l dădeau să îl folosesc și puteam să sun după ajutor și să le trimit banii pentru apel. Da, asta intenționam să fac până când o mașină a trecut pe lângă mine și înăuntru am recunoscut o față prietenoasă. Am fost cu adevărat și cu adevărat salvată!"

„A fost mătușa Lil!", a răcnit fiica mea și, desigur, avea dreptate.

***

„Mergând în mașină cu Lil, mi-am amintit de interesul meu amoros neîmpărtășit pentru Jasper Winters. Îl privisem de departe, părul său blond ondulat, ochii albaștri, nasul cu pistrui presărați pe el. Era atât de dulce, atât de grijuliu. El a fost întotdeauna merge stabil cu o fată sau alta și prietenii mei mi-au spus că obsesia mea cu el a fost obtinerea mai aproape de stadiul hărțuitor. Acesta este motivul pentru care am fost de acord să merg împotriva singurului lucru pe care am refuzat întotdeauna să-l fac - să ies cu un străin total la o întâlnire oarbă. Da, a fost cu același tip care îmi ținea acum geanta ostatică. Numele lui: Adam Trent.”

„Tăticul meu!” a răcnit ea. „Asta e partea cea mai bună.”

Am zâmbit.

„Fusese prima noastră întâlnire, astăzi mai devreme, în food court-ul de la mall. Locul de întâlnire a fost stabilit de comun acord și a fost într-un loc public. Un loc unde puteam discuta cu multă mișcare în jurul nostru. Acest cadru ar lua de pe presiune. Ar face ca golurile în care niciunul dintre noi nu avea nimic de văzut să fie mai puțin neplăcute. Este gappy chiar un cuvânt? Nu știu, dar înțelegeți esența. Prin intermediul prietenului nostru comun, am convenit că era o oportunitate pentru noi de a ne cunoaște față în față. În cazul în care a existat o legătură, am convenit în avans să stabilim următoarea întâlnire, care ar include fie un film, fie o cină. Următorul pas numai dacă am simțit amândoi o legătură. În caz contrar, am fost amândoi de acord că a fost hasta la vista baby! Adios și drum bun! Dacă aș fi știut atunci ce știu acum! Atunci nu aș fi fost în această situație. Dar, așa cum se spune, retrospectiva este 20/20. Când l-am văzut prima dată pe tipul de vizavi de sala de mese, nu era genul de om care să iasă în evidență în mulțime. Mi-a plăcut imediat asta la el, că se amesteca în mulțime ca mine şi când i-am rostit numele, Adam Trent pe limba mea în timp ce-l spuneam, i s-a potrivit şi m-am relaxat imediat."

„Dragoste la prima vedere", a exclamat fiica mea.

„A fost", am spus eu. „După ce am făcut prezentările, ne-am dat coate pentru că amândoi purtam măştile obligatorii, m-a întrebat ce vreau să beau şi s-a dus să aducă cafeaua. Mi-a comandat corect, cu smântână şi un zahăr, ceea ce mi-a arătat că ştie să asculte şi am sperat. În timp ce stăteam şi ne sorbeam cafelele, discutam cu un sentiment de familiaritate, mai mult decât cunoştinţe, mai aproape de prieteni. Râdea, dar nu prea tare. Uram oamenii care râdeau foarte tare, atrăgând atenţia asupra lor. Adam nu era aşa. Era atent, amabil, înţelegător şi vorbind cu el mă simţeam normal. Sau ar trebui să spun ca noul normal din moment ce am fost chat liber în timp ce poartă măştile noastre de protecţie. Totuşi, nu cred că aş fi greşit gândindu-mă că, dacă cineva ne-ar fi observat, i-ar fi fost clar că ne simţeam bine unul în compania celuilalt. Am avansat în conversaţia noastră de la un lucru la altul destul de uşor şi curând mi-a spus că în toamnă va merge la universitate. L-am informat destul de neîndemânatic că îmi iau un an liber. Nu i-am spus detalii, că trebuie să câştig bani înainte de a mă putea întoarce. Era prea multă informaţie şi nu era ceva ce el trebuia să ştie despre mine. Nici nu i-am spus că am câştigat o bursă, pentru a urma literatura engleză clasică."

„Sper să mă specializez în literatura secolului XX", a dezvăluit el.

„Wow!" am exclamat eu, „Vreau să mă specializez în literatura engleză clasică!".

„Cu această dragoste majoră pentru literatură în comun, am face cu uşurinţă o conexiune, nu? Am avea o punte de la un tărâm al literaturii la altul. El mi-ar descoperi autorii preferaţi, eu i-am descoperi pe ai lui şi am trăi fericiţi până la adânci bătrâneţi. Asta gândea o parte din mine. Cu cealaltă, îl ascultam cum cânta laudele autorului său favorit din lume - Kurt Vonnegut. A continuat să laude şi să exalte totul despre alegerea sa pentru cel mai mare roman al tuturor timpurilor - Abatorul cinci.”

„Până când a mers prea departe”, a spus fiica mea.

„Da, mult prea departe. De fapt, atât de mult încât nu am avut de ales decât să îi apăr pe adevăraţii maeştri, precum Shakespeare, Dickens şi Twain, ale căror opere au trecut testul timpului. După ce faţa lui şi-a recăpătat culoarea normală, a strecurat câteva Vonnegut-isme în conversaţie, cum ar fi: „Numai în cărţi aflăm ce se întâmplă cu adevărat”.

„A fost o bătălie a cărţilor!”, a spus fiica mea.

„Da, şi prima noastră ceartă. I-am spus: „Vorbeşti despre afirmarea evidentului!” înainte de a riposta cu Mark Twain: „Este mai bine să-ţi ţii gura închisă şi să-i laşi pe oameni să creadă că eşti un prost decât să o deschizi şi să elimini orice îndoială”. Am citit undeva că Twain era unul dintre autorii preferaţi ai lui Vonnegut. Oricum, ăsta era un lucru bun la el.

„S-a ridicat, s-a întins peste masă şi m-a sărutat lung şi tare, de la mască la mască. Chiar acolo, în mijlocul sălii de mese. Asta a fost ca răspuns la faptul că l-am apucat de mână când a spus că Vonnegut este Shakespeare al vremurilor noastre. O spusese cu atâta convingere, din inimă şi din suflet, încât aproape că mă făcuse să cred că era adevărat."

„Pe ei i-ai sărutat! Yuck!" a spus ea, acoperindu-şi faţa.

„Sărutul, deşi brusc şi neaşteptat fusese fierbinte chiar dacă aveam măşti între noi. Nu am observat că ceilalţi din food court se holbau la noi - am lăsat-o să dureze prea mult. După ce ne-am despărţit, ne-am aşezat din nou şi am izbucnit în râs. Ne-am hotărât imediat să vedem un film în mall. În drum spre cinematograf, acea conexiune a scăzut. Dacă ne-ar plăcea aceleaşi filme, am putea să o reînviem? Atunci nu ar fi totul pierdut? Am discutat despre filmele care îi plăceau şi am căzut de acord că cel mai recent film al lui Tom Cruise ne-ar conveni amândurora - dar filmul începuse deja, aşa că nu s-a putut. Nu ne-am putut pune de acord asupra niciunui alt film.

„Hai să luăm ceva de mâncare", a sugerat el.

„Până atunci, era aproape zece - şi mie îmi era foame. Tot ce am băut a fost cafea şi asta a fost cu mult timp în urmă şi simţeam mirosul de popcorn de ceva timp."

„Bine cu mine", am spus.

„În mall, sau afară?", a întrebat el.

„Am spus că ar trebui să luăm puţin aer proaspăt, aşa că am ieşit din mall şi ne-am dus în parcarea cu mai multe niveluri. Ne-am plimbat mai bine de treizeci de minute până când mi-a spus că nu-şi aminteşte unde a parcat.

„Apoi te-ai descălţat."

„Vonnegut a spus: „Suntem ceea ce ne prefacem că suntem, aşa că trebuie să fim atenţi la ceea ce ne prefacem că suntem”." A făcut o pauză. „Uh, nu eşti foarte ladylike, nu-i aşa?"

„'Eşti bărbat?" Am întrebat, citând Lady Macbeth. Imediat m-am simţit prost pentru acest citat şi am schimbat prompt subiectul: „Dar cardul? Ştii tu, unde plăteşti? Nu scrie pe ce nivel ai parcat?"

„Ştiu că am parcat la acest nivel", a spus el, continuând să apese butonul de pe brelocul său şi ascultând un răspuns ca o pasăre care îşi cheamă perechea. Când maşina şi brelocul s-au găsit în cele din urmă, era aproape ora 23.00.

„Acum, în vehicul, cu scări care îmi urcau pe ambele picioare şi cu tălpile negre, am respirat adânc şi am încercat să mă relaxez. Mâncarea m-ar fi ajutat cu siguranţă cu starea mea de spirit şi speram că şi pe a lui. Nu era prea târziu pentru noi să o luăm de la capăt. Ne înţelesesem atât de bine până la ciocnirea literară. Cu centurile de siguranţă puse, el a pus piciorul pe podea şi am pornit, am ocolit parcarea şi am ieşit în stradă. Am condus destul de mult timp, ascultând muzică country. El a cântat, în timp ce eu m-am luptat cu dorinţa de a spune, yippie ki-yay!"

„Deci, ce fel de mâncare îţi place?" ", a întrebat el după ce am ascultat la radio ultima sugestie de taco joint."

„Nu-mi mai este foame", i-am răspuns, gândindu-mă că el, dată fiind oportunitatea sugestiei, voia să mă ducă la un taco joint. Uram tacosurile. Cum ar putea mânca un taco, cu carne şi chestii care cad peste tot, să se potrivească cu criteriile lui de doamnă? Nu am vrut să ştiu. Mai mult din ciudă, i-am spus:

„Shakespeare este regele literaturii, iar Vonnegut este un simplu bufon în comparație”.

„Apoi tati a frânat.”

„Eram singurul vehicul care se afla la periferie - în mijlocul pustietății și asta este povestea despre cum ne-am cunoscut eu și tatăl tău”, am spus, ridicându-mă și învelindu-mi fiica. Ea s-a întins, a căscat și, câteva clipe mai târziu, dormea profund. Am închis ușa la ieșire și m-am dus în camera noastră.

DOAR DOUĂZECI DE ANI

CÂND A MURIT MĂTUȘA Gin, doar douăzeci de invitați din afara familiei noastre au fost invitați să participe la înmormântare. Acest număr a fost limitat din cauza pandemiei. Distanțarea socială și măștile au fost obligatorii pe tot parcursul zilei. Aceasta a inclus slujba de la casa funerară, înmormântarea și masa de prânz.

Deoarece mătușa Gin știa că se apropie de sfârșitul vieții sale, a selectat personal cei douăzeci de invitați înainte de a părăsi această lume nebună.

Conform tradiției familiei, dorea în continuare un sicriu deschis. Cu o nouă cerere însă. Voia să poarte și o mască. Mătușa Gin a avut întotdeauna un ciudat simț al umorului.

„Cum naiba ar trebui să spun un elogiu potrivit? Unul pe care sora mea îl merită... când port una dintre măştile alea stupide!", a întrebat Marvin, fratele mai mic al lui Gin.

Vizavi de Marvin stătea al doilea văr al lui Gin, Frank. Acesta îşi pufăia ţigara, adâncit în gânduri, înainte de a răspunde.

„Vor avea un microfon şi va fi suficient".

Mary, nepoata preferată a mătuşii Gin, care era în bucătărie şi pregătea ceaiul, a strigat.

„Va fi reglabil, microfonul, vreau să spun la înălţimea ta. Deci, poţi să te asiguri că gura ta," şi-a şters mâinile pe şorţ şi, sătulă de strigăte, a intrat în sufragerie. S-a oprit la jumătatea propoziţiei realizând acum că uitase să aducă ceaiul, s-a retras repede. Revenind cu o tavă supraîncărcată care zăngănea la fiecare pas.

Frank şi Marvin încă se uitau în direcţia ei cu gura larg deschisă aşteptând ca ea să-şi termine propoziţia.

„Este poziţionată chiar în faţa ei", a spus ea de parcă nu trecuse niciun moment între prima şi ultima ei replică. Acum că a spus-o, şi-a dat seama că greutatea tăvii îi făcea braţele să tremure. Se aplecă şi o coborî cu grijă pe masa de sticlă. „Mulţumesc pentru, uh, ajutor", adăugă ea pe un ton ascuţit de sarcasm, în timp ce se ghemuia să se pregătească să toarne.

Marvin şi Frank nu ridicaseră un deget. Ceea ce era normal pentru ei doi. O femeie făcea lucruri femeieşti, iar un bărbat făcea lucruri bărbăteşti.

Ea a umplut oala, apoi a deschis noul pachet de biscuiţi cu ciocolată pe care îl păstrase pentru companie. Ea şi mătuşa Gin păstrau întotdeauna o cutie cu biscuiții lor preferați în dulap - dar nu se atingeau niciodată de ei. Amândouă știau că, dacă le-ar fi deschis, le-ar fi consumat pe toate, așa că le scoteau doar atunci când aveau musafiri.

Tânăra femeie și mătușa Gin fuseseră întotdeauna răutăcioase și în cârdășie. Amintindu-și că mătușa ei era foarte atentă la prezentare, ea a împrăștiat biscuiții pe farfurie. Se întrebă dacă mătușa Gin o privea de sus. Suspinase, simțind chiar și acum că îi lipsește o parte din ea.

Marvin nu era complet implicat. În schimb, se uita pe fereastră, gândindu-se că va trebui să poarte o mască. Frank pufăia dintr-o țigară nouă pe care o aprinsese imediat după ce cealaltă se stinsese.

Marvin, luând în sfârșit seama la capodopera nepoatei sale, a întrebat: „Ce naiba faci acolo jos?"

„De ce, pregătesc ceaiul și biscuiții", a spus Mary, amestecând oala, apoi închizând capacul și dându-i o scufundare pentru a se grăbi.

„Atunci ia un scaun, sau ceva. Nu sta ghemuit acolo ca un..."

„Ghemuit", a spus Frank, râzând la gluma lui, din moment ce nimeni altcineva nu o făcea.

„Nu contează, e gata acum", a spus Mary. A umplut ceștile goale cu lichidul auriu aburind. Apoi a adăugat un jet de lapte și cantitatea de zahăr cerută de obicei. Ea însăși nu lua zahăr. „Doriți un biscuit cu ciocolată? Erau preferatele mătușii Gin."

„Ar fi al naibii de păcat să-ți stric desenul spiralat", a spus Marvin, întinzând mâna și făcând exact asta.

„Nu pentru mine", a spus Frank. „Biscuiţii şi ţigările nu merg împreună."

Mary i-a servit lui Marvin prima ceaşcă de ceai, pentru că era cel mai în vârstă. Apoi a aşezat ceaşca lui Frank pe un covrig lângă scaunul lui, deoarece era ocupat în altă parte. Adică, îşi mai aprindea o ţigară. Ea s-a strâmbat când el a pus mucul celei vechi pe farfurioara de porţelan fin a mătuşii Gin.

„Mulţumesc", au răcnit amândoi.

Mary a refixat desenul biscuiţilor, a aruncat o privire în sus. Apoi a scos uşor câte unul din fiecare capăt şi a traversat camera încercând să nu-şi verse ceaşca de ceai prea plină în timp ce mergea spre canapeaua cu două locuri. Evitase să se aşeze acolo acum că mătuşa Gin nu mai stătea lângă ea. O parte din ea simţea că echilibrul universului nu era echilibrat fără Gin în el.

Înainte ca mătuşa Gin să aibă zilele numărate, ea şi Mary luau cina de cele mai multe ori pe tăvi în faţa televizorului, stând pe canapeaua cu două locuri şi uitându-se la Coronation Street. Mary înregistrase programul încă de atunci, aşteptând ca spiritul lui Gin să ajungă acolo unde se ducea pentru a putea urmări programul împreună, aşa cum făceau întotdeauna.

Asta a fost înainte ca unchiul Marvin şi vărul Frank să se mute aici. Înainte ca pandemia să facă ca rudele la distanţă să aibă nevoie de alt loc unde să locuiască. Acum îşi formau propria bulă socială, adică nu aveau nevoie să poarte măşti în preajma celuilalt. Dar peste câteva ore, ar fi trebuit să poarte temutele măşti pentru slujba de înmormântare - nimeni nu dorea să fie infectat sau infectat.

„Ceea ce aş vrea să ştiu este de ce Gin va purta o mască. Asta e în primul rând", a spus Marvin. „În al doilea rând, de ce a invitat rudele pe care le-a invitat. De ce, unii dintre ei nu au mai luat legătura cu ea, sau cu oricare dintre noi de peste douăzeci de ani. Dumnezeu ştie că Gin a încercat să ţină familia unită, în vremuri în care a rămâne împreună ar fi trebuit să fie un dat."

„Măştile sunt obligatorii pentru toată lumea şi Gin a vrut să fie atotcuprinzătoare. Şi da, mătuşa Gin a fost întotdeauna cea care s-a gândit la binele tuturor", a spus Mary.

„Chiar şi atunci când nu era justificat", a spus Frank, aprinzându-şi încă o ţigară, apoi adăugând: "Farfuria asta devine cam plină."

Mary şi-a pus ceaşca de ceai pe masă, a luat farfurioara, a aruncat-o în coşul de gunoi din bucătărie. A găsit o farfurioară ciobită în fundul dulapului - mătuşa Gin nu permitea fumatul în casă, aşa că nu avea scrumiere - şi a pus-o pe masă lângă ceaşca de ceai şi farfurioara lui Frank. A dat din cap.

„Vrea vreunul dintre voi să mai umple paharul dacă tot m-am trezit?", a întrebat ea.

Marvin i-a întins şi el ceaşca goală. „Şi încă unul din biscuiţii ăia mi-ar prinde bine."

Mary a luat doi biscuiţi, câte unul de la fiecare capăt al designului şi i-a aşezat pe farfurioară cu o linguriţă, înainte de a turna ceaiul, zahărul şi laptele. „Îţi mulţumesc", a spus Marvin, suflând în ceai înainte de a lua o înghiţitură.

Frank a refuzat mai mult ceai cu o mişcare a mâinii. „Niciunul dintre noi nu i-a contactat pe rataţii ăia pentru că nu i-am putut suporta. Nici Gin nu putea - sau cel puţin aşa credeam eu.”

Marvin a înmuiat un biscuit în ceai şi acesta s-a fărâmiţat şi s-a rupt. A folosit linguriţa ca să-l recupereze, aspirând biscuitul moale înainte ca acesta să se dizolve în nimic.

„Biscuiţii ăştia nu sunt recomandaţi pentru înmuiere”, a spus Mary, zâmbind.

„Acum îmi spune”, a spus Marvin.

„Vrei să-ţi aduc altă ceaşcă şi farfurioară?”

„Nu, tu rămâi unde eşti. Ai alergat peste tot să te ocupi de noi ca şi cum ai fi angajata noastră. O să mă descurc, dar îţi mulţumesc pentru întrebare.”

Mary a zâmbit şi a muşcat din biscuitul ei. L-a savurat în timp ce ciocolata i se topea pe limbă.

Trioul stătea liniştit, jucându-se cu ceştile, biscuiţii şi ţigările, până când Mary a rupt tăcerea.

„Mătuşa Gin avea remuşcări, pentru că pierduse legătura cu oamenii. Îi cântărise greu pe inimă şi chiar dacă cei douăzeci de oaspeţi - chiar şi atunci când îi contactase - nu-i răspundeau la telefoane sau la scrisori, ea nu-i dăduse niciodată uitării. De fapt, se ruga pentru ei în fiecare seară înainte de a adormi.”

Fratele ei era fascinat şi confuz. „Gin, se ruga pentru marele unchi Dave, care practic a ucis-o când a stat cu ei când era copil în timpul vacanţei de vară? Ăsta e un lucru uriaş pentru ea de iertat. Cred că s-a înmuiat la bătrâneţe.”

Mary stătea cu mâinile în şolduri, „Mătuşa Gin a fost multe lucruri, dar un lucru nu a fost moale. Le-ar fi tăbăcit fundul dacă ar fi apărut neanunţaţi la uşă înainte să se îmbolnăvească - ştii că nu-i plăcea când oamenii apăreau fără să fie invitaţi - dar voia să îndrepte lucrurile, să ierte şi să uite." Cuvintele i s-au blocat în gât, la fel şi ultimul biscuit pe care tocmai îl înghiţise.

Frank s-a ridicat, a traversat camera şi a pălmuit-o puternic pe spate. Un biscuit parţial mâncat a zburat prin cameră, aterizând cu un splosh în ceaşca de ceai a lui Marvin.

„Nu ştii că ar trebui să mesteci înainte să înghiţi?" a spus Marvin, înapoindu-şi ceaiul pe tavă cu o privire dezgustată.

„Îmi pare atât de rău", a spus Mary, adunând totul şi ducându-l în bucătărie.

***

Mary a clătit ceştile şi a pus totul în maşina de spălat vase, apoi a urcat la etaj pentru a folosi toaleta şi pentru a-şi aranja faţa. Plânsese şi nu voia să ştie nimeni. În timp ce cobora scările, a auzit voci ridicate. A coborât repede.

„Mi-am iubit sora mai mult decât pe oricine altcineva pe lume!" a spus Marvin. „Dar nu văd de ce faptul că ea mi-a cerut să fac elogiul, ar trebui să fie o problemă pentru tine!"

„Acum, acum," a spus Mary.

„Pur şi simplu aş fi fost mai bun la asta", a spus Frank. „Am mai fost rugat şi aş fi fost mai puţin emotiv, mai puţin critic."

„De ce tu!" a spus Marvin, ridicându-şi pumnii închişi în aer şi agitându-i ca şi cum ar fi imitat un boxer de altădată.

Frank a traversat camera, tot cu pumnii ridicaţi. Era ca o versiune geriatrică caucaziană a lui Ali vs. Foreman.

Cei doi au stat picior la picior, ochi în ochi, până când Mary a început să cânte melodia preferată a mătuşii Gin: „Hush little baby, don't say a world, papa's going to buy you a mockingbird."

Ochii lui Marvin s-au umplut de lacrimi şi el şi-a lăsat pumnii jos, apoi s-a lăsat pe un scaun.

Frank a rămas încremenit, rostind cuvintele pentru restul cântecului în timp ce Mary le fredona. Când ea a terminat de cântat, el a traversat camera, unde o fotografie a mătuşii Gin într-o ramă îi zâmbea. Şi el a izbucnit în lacrimi.

„Gata, gata", a spus Mary. „E aproape timpul să plecăm şi iată-ne certându-ne."

„Are dreptate", a spus Frank. „În plus, vom avea nevoie de un front unit când vor apărea vulturii ăia buni de nimic."

„Asta dacă nu ne infectează - suntem în mijlocul unei pandemii, nu ştiu ei?"

„Cei de la catering vor ţine cont de asta. În timp ce ne aflăm la casa funerară şi la cimitir, vor aranja totul aici pentru a respecta liniile directoare privind distanţarea socială, pentru a menţine siguranţa tuturor."

„Dar ignoranţii ăia tot vor trebui să-şi scoată măştile ca să înghită mâncarea şi să înghită lichiorul - şi vom avea nevoie de mult din acesta din urmă."

„Păcat", a răspuns Mary. „Toate acestea au fost gestionate şi plătite de mătuşa Gin." Dezgustată şi sătulă de ei, s-a retras în camera ei pentru a se îmbrăca în ținuta neagră pe care o alesese. Bărbații erau deja în costumele lor negre și gata de plecare.

„Mă aștept să folosească cuțite de plastic, furculițe și farfurii de hârtie", a spus Frank. „Și vor avea sticle cu dezinfectant pentru mâini în toată casa și în grădină. Rudele noastre vor trebui să intre înăuntru pentru a folosi facilitățile, dar majoritatea procedurilor vor avea loc afară, în grădină."

„Păcat că Gin a scăpat de facilitățile de afară", a spus Marvin.

Mary a sunat de la etaj: „Am uitat să spun că vor picta semne pe iarbă și/sau vor pune indicatoare unde ar trebui să stea oamenii. Iar în ceea ce privește facilitățile, ei bine, am închiriat una dintre acele toalete portabile. Din moment ce sunt doar douăzeci și noi trei, ar trebui să fie suficient spațiu pentru toți și cozile nu ar trebui să fie atât de lungi."

„Chiar v-ați gândit la asta!" a strigat Marvin. „Noi trei ne putem strecura înapoi înăuntru și să folosim instalațiile interioare pe q.t."

Mary a apărut în capul scărilor, gata de plecare. „Mulțumesc. Am avut destul timp la dispoziție să mă gândesc la asta și am vrut ca totul să fie exact cum trebuie pentru mătușa Gin. Ea și cu mine am vorbit despre tot, până la ultimul detaliu. A vrut să mă scutească de povara de a încerca să fac totul singură în timp ce eu îi plângeam pierderea."

Marvin și-a mângâiat firele de păr de pe bărbie. „Dacă nu ar fi fost pandemia asta blestemată, ar fi vrut mai mult. Ar fi cerut o ardere obișnuită a hambarului - sau un priveghi - pentru a-i sărbători viața. Asta e ceea ce merită!"

Frank a spus: „Asta va avea - și îi vom oferi cea mai frumoasă petrecere - după ce pandemia asta se va termina. Vom invita și celelalte rude - pe cele care ne plac - și poate chiar și câteva celebrități locale. Toată lumea a iubit-o pe Gin. O vom trimite în modul pe care îl merită! Dar, deocamdată, trebuie să profităm de situație."

Mary traversă camera, se gândi să se așeze - dar rochia i s-ar fi șifonat, așa că se întoarse la bucătărie să împăturească șervețele de hârtie. Se oferise să facă cât mai multe înainte de sosirea furnizorilor, știind că va avea nevoie de ceva care să o țină ocupată. Se gândi la tot ceea ce mătușa Gin ceruse să se întâmple în acea zi. Voia ca Marvin să țină un toast în cinstea ei, după ce toată lumea să ia parte la mâncare. Își scrisese chiar și ce feluri de mâncare voia să fie servite și alesese firma de catering care să le pregătească. Da, mătușa Gin se gândise la toate. Voci ridicate în sufragerie o atraseră înapoi acolo.

„Gin a spus că eu voi primi partea leului din afacere, de aceea m-a făcut executorul testamentului ei", a spus Marvin.

„A spus că pot păstra casa", a spus Mary. „Este și casa mea - am locuit aici cu mătușa Gin cea mai mare parte a vieții mele."

„Nimeni nu contestă acest fapt", a spus Frank. „Ai renunțat la tot, ca să fii aici și să o ajuți pe Gin când nimeni altcineva nu putea. De ce, ai fi putut să te căsătorești, să ai câțiva copii... dar ai ales familia în locul tău. Măcar atât putea să facă, să-ți lase casa."

Marvin a dat din cap. Pentru prima dată cei doi erau de acord cu ceva.

„I-am spus lui Gin că nu vreau sau nu am nevoie de nimic de la ea", a spus Frank.

„Să sperăm că te-a ignorat atunci", a spus Marvin râzând şi văzând că cei doi erau în sfârşit bine dispuşi,

Mary s-a întors în bucătărie pentru a termina cu împăturitul înainte să plece la casa funerară.

Deşi şerveţelele erau făcute din hârtie, erau delicate şi moi. Albastrul cerului cu o linie roz în colţul din stânga fusese şi alegerea mătuşii Gin. Pe măsură ce Mary a continuat să împăturească, a devenit ceva automat, aşa că a privit spre grădină şi şi-a lăsat degetele să facă treaba.

Ochii ei se îndreptau spre florile nou plantate sub stejarul uriaş. Respiraţia bebeluşului şi trandafirii se terminaseră acum, dar culorile lor erau încă vibrante şi se mişcau ca nişte prieteni vechi, dansând când trecea vântul.

Când a împăturit ultimul şerveţel, mâna dreaptă i-a atins burta. Făcea asta din când în când, deşi nu mai fusese însărcinată de ani de zile. Dorul nu dispăruse niciodată. Mătuşa Gin nu spusese nimănui. Nici Mary - nici măcar tatăl.

Şi acolo, îngropat sub acele flori, la umbra acelui stejar masiv, era locul de odihnă veşnică al copilului ei. Fetiţa ei nu supravieţuise mai mult de câteva minute în această lume.

În curând, rudele vor veni şi se vor aduna cu toţii în casa care era acum a ei - şi vor sărbători viaţa mătuşii Gin.

Apoi Mary, la fel ca ceilalţi, îşi va pune masca şi se va izola în acel loc de sub copac unde nu se va simţi niciodată singură. În locul în care ştia că mătuşa Gin va fi alături de ea, ţinând în braţe fetiţa lui Mary.

Trioul, mătușa Gin, Mary și bebelușul ar fi martori tăcuți, în timp ce restul familiei s-ar sfâșia reciproc.

Trioul, mătușa Gin, Mary și bebelușul ar fi martori tăcuți, în timp ce restul familiei s-ar sfâșia reciproc.

BĂIATUL PANDEMIC

„UITE, IATĂ-L CĂ VINE din nou - este Băiatul Pandemic", a strigat băiatul înalt și sprinten cu părul blond, în vârstă de zece ani.

Prietenul său nu era nici atât de înalt, nici sprinten, nici blond - era un roșcat care râdea înainte de a-și spune părerea. „Unde ți-e pelerina, puștiule? Nu știi că TOȚI supereroii au pelerine?"

Puștiul pe care îl porecliseră Pandemic Boy era mai tânăr decât ceilalți doi, dar în spatele măștii sale era neînfricat.

„Nu Spiderman", a răspuns el cu un zâmbet.

Deși era mai tânăr și mai mic ca mărime și statură, nu în centimetri, ci în picioare, cu mâinile în șolduri - semănând mai mult cu Superman, el a întrebat: „Și unde sunt măștile VOASTRE?"

Aceasta nu era prima confruntare a așa-numitului Băiat Pandemic în vremuri pandemice. În trecut, el folosise poziția înarmată încrucișată a lui Superman pentru a obține controlul asupra situaţiei. Părea să funcţioneze bine pentru copii şi adulţi. De asemenea, îl ajuta să ştie că avea legea de partea sa.

„Nu suntem adepţi", a spus băiatul blond, ferindu-şi ochii de soare cu mâna stângă, apoi întorcându-i spatele puştiului, astfel încât el şi prietenul său se aflau acum faţă în faţă. El a murmurat cuvintele: „Hai să-i scoatem masca".

Băiatul cu părul roşcat s-a gândit la asta, împingându-şi vârful adidaşului în pământ, gândindu-se că deja îl depăşeau numeric pe Băiatul Pandemic cu două la unu. În plus, era un copil mic - deşi avea o gură mare şi o cam căuta. Dar nu era un bătăuş şi nu voia să fie unul. S-a concentrat, făcând un cerc în noroiul din faţa lui, apoi şi-a pipăit buzunarul de la blugi. „A mea e chiar aici."

„Dovedeşte-o", a cerut Băiatul Pandemic.

Copilul blond s-a uitat peste umăr la băiatul mai mic şi s-a întors repede. Cu pumnii strânşi, a avansat spre băiatul mai mic. Bătând cu degetul pe faţa puştiului mascat, el a spus: „Cine crezi că eşti, băiete?" Fiecare cuvânt a meritat propria bătaie pe bărbia mascată a Băiatului Pandemic, iar cu diferenţa de înălţime şi masă, băiatul mai mic a trebuit să îşi planteze ferm picioarele în loc.

Băiatul cu părul roşcat, a spus: „O să-mi pun masca".

Aşa-numitul Băiat Pandemic nu a vorbit, dar a dat din cap în semn de aprobare, în timp ce prietenul său, băiatul blond, aruncându-i o privire peste umăr, i-a făcut ochi dulci.

Toţi trei s-au ţinut tare.

***

În unele zile, timpul stă pe loc. Ca şi cum toate păsările au uitat să zboare şi toate ceasurile au uitat să ticăie. Aceasta nu era una dintre acele zile și, pe măsură ce timpul înainta, tot mai mulți copii ieșeau de unde fuseseră ca să vadă ce se întâmplă. S-au adunat în jurul lor, vorbind, șoptind, încercând să pună cap la cap ce trebuie să se fi întâmplat pentru a-i face pe cei trei băieți să stea nemișcați atât de mult timp.

„Mă uitam pe fereastra dormitorului meu", a spus un băiat, "și l-am văzut pe băiețelul mascat amenințat de băiatul blond care era mult mai înalt și mai în vârstă. Apoi am văzut că erau doi și a trebuit să ies, mai ales când puștiul cel mare s-a apropiat și l-a împuns pe cel mic în piept", a spus el, atingându-și propria mască așa cum un adult și-ar atinge barba.

„Am alergat până acolo", a spus o fetiță, "și am văzut totul. Băiatul cu mască o cerea cu lumânarea - apropiindu-se de cei doi băieți mai mari, mai în vârstă. Sunt surprinsă că cei doi nu l-au bătut". Apoi i s-a adresat așa-numitului Băiat Pandemic: „Hei, puștiule, de ce nu fugi cât mai poți? Înainte ca cei doi băieți mai mari să te bată măr?"

Trioul din centrul mulțimii a rămas nemișcat, ca niște statui. Ascultau comentariile făcute de ceilalți copii care se formau în mulțime și ei nu. În acest stadiu, nimeni nu știa sigur.

Timpul a trecut și copiii care purtau măști au luat partea așa-numitului băiat pandemic, iar copiii care nu aveau măști au luat partea celorlalți doi. Mulțimea de copii s-a deplasat, s-a împărțit în două, astfel încât au format două tabere distincte. Toți erau pregătiți să acționeze - asta dacă și când ar fi izbucnit o bătaie.

Ore întregi au trecut și nimeni nu s-a mișcat. Nici măcar atunci când mamele și tații au început să-și cheme copiii acasă pentru cină.

Nici când părinţii, bunicii şi fraţii au început să-şi cheme copiii la culcare. Nici măcar atunci când soarele a fost înlocuit de lună şi de stele.

***

În cele din urmă, Băiatul Pandemic a spus: „Acum mă duc acasă". Iar băiatului blond mai mare, cel care era încă în faţa lui, i-a spus: „Data viitoare când te văd, ai grijă să-ţi aduci masca, bine? Aceasta este o pandemie, omule, şi..."

„Bine, bine", a spus băiatul mai mare, făcând un pas înapoi. „Şi data viitoare când te văd, ai grijă să porţi pelerină." A rânjit.

„Ai vreo culoare preferată?", a întrebat zâmbind băiatul mai mic.

Prietenul său, băiatul roşcat care purta acum o mască, a spus: „Depinde dacă eşti fan Batman, Robin sau Superman. Eu? Eu aş purta negru".

„La fel", a spus băiatul mai tânăr.

Au plecat cu toţii acasă.

VIZITATORII

Stai puţin", a spus ea, înainte să deschidă uşa de la intrare.

Era înăuntru de aproape treizeci de zile - în carantină. Ieşirea, simplul fapt de a păşi afară acum, i se părea riscant, chiar dacă fusese în carantină doar pentru a-i proteja pe cei pe care îi iubea - şi pe alţii pe care nici măcar nu îi cunoştea. Şi-a ajustat masca, a respirat adânc şi a deschis uşa.

O aştepta un comitet de primire şi s-a simţit la fel cum trebuie să se fi simţit regina Elisabeta când a păşit pe balconul Palatului Buckingham. Cu toate că locuinţa ei mică, dar confortabilă, cu două dormitoare, nu avea strălucirea şi farmecul unui palat. Pentru o secundă sau două, s-a gândit să le facă un salut regal, dar în cele din urmă s-a răzgândit când au început să aplaude.

Ruşinată, chiar dacă o mască îi acoperea cea mai mare parte a feţei, şi-a ridicat privirea spre locul unde soarele era sus pe cer şi a simţit căldura razelor sale. Se simţea bine, respirând aer nou, proaspăt - chiar dacă masca o împiedica să inspire adânc. Un cântec de John Denver a început să cânte în mintea ei. A fredonat cu nonșalanță.

Aplauzele se terminaseră fără ca ea să-și dea seama, iar ea rămăsese acolo, ca un porc în poală, în timp ce toți așteptau ca ea să spună sau să facă ceva. O mulțime de ochi plini de lacrimi, toți uitându-se la ea peste măștile lor. Nu existau două măști la fel. Ea a scanat oaspeții, concentrându-se asupra ochilor ai căror proprietari credea că îi recunoaște. În mintea ei, a jucat un joc de tipul „Cine e cine sub ce mască".

Datorită mărimii și staturii sale, o persoană din mulțime nu avea nicio îndoială cu privire la cine era. Era nepoata ei, Emily. Ochii verzi, la fel ca ai ei, ieșeau în evidență când se uitau la ea peste masca mov. Culoarea preferată a lui Emily se schimba des, dar ea era încântată să vadă că nu se schimbase în ultimele treizeci de zile. Totuși, devenise mai înaltă. Emily îi făcu cu mâna și spuse: „Bună, bunico."

„Bună, draga mea Emily", a spus femeia, zâmbind cu buzele sub mască și peste ea cu ochii.

Femeia a ezitat, apoi a privit publicul de la stânga la dreapta, dând din cap în timp ce îi recunoștea pe fiecare dintre ei.

Primul a fost Brandon. Era un mare fan al hocheiului, iar masca lui avea pe ea o frunză de arțar din Toronto. „Hai Maple Leaf's!", a spus el. Ea i-a dat degetul mare în sus. Măcar cineva mai avea speranța că vor câștiga din nou Cupa Stanley.

Alături de Brandon, era mama soției sale, Emily. Masca ei avea un mesaj „I heart Jamie Oliver" pe ea. Ea a zâmbit la asta, întrebându-se dacă interesul ei pentru Oliver ar putea-o ajuta să gătească o friptură de vită decentă într-o zi. S-a prins în acest gând ticălos şi ruşinată de ea însăşi a mers mai departe.

Următorul a fost domnul Bob Moody. Era un vecin, un bătrânel morocănos care habar nu avea de ce simţise nevoia să se alăture purtând o mască de muncitor în construcţii. El îi făcea cu mâna, cu o familiaritate care i se părea ciudată, dar ea îi făcea cu mâna înapoi, din politeţe.

Plictisită acum să-şi dea seama cine este cine, ceilalţi s-au transformat într-o ceaţă în timp ce ea aştepta ca cineva să facă ceva sau să-i spună ce se aşteaptă să facă. Ar trebui să ţină un discurs? Nu, asta ar fi o prostie. Fusese doar o carantină de treizeci de zile. Nu-i putea îmbrăţişa. Sau să se apropie mai mult decât era deja de ei.

Avea sentimentul îngrozitor că cineva dorea ca ea să ţină un discurs şi se întreba cum ar fi trebuit să ţină unul, unul care să fie auzit şi înţeles prin masca groasă de bumbac. Apoi s-a gândit la politicienii de la televizor, cum ar fi prim-ministrul. Când trebuia să vorbească, îşi scotea întotdeauna masca, îşi spunea discursul şi apoi o punea la loc. Dacă era destul de bine pentru prim-ministru, atunci era destul de bine şi pentru ea. Şi-a scos urechea dreaptă din buclă, apoi a trecut la cealaltă parte.

Invitaţii au oftat, apoi s-au îndepărtat. Toţi în afară de nepoţica ei.

„Bunica te iubeşte", a spus femeia, suflând un sărut în direcţia micuţei Emily.

„Şi eu te iubesc", a răspuns Emily, în timp ce părinţii ei, acum alături de ea, au mutat-o înapoi.

Mulțumită acum că a simțit soarele, că a ieșit afară, că i-a văzut pe cei dragi și că a vorbit cu micuța Emily, femeia s-a înclinat, a făcut un pas înapoi și a închis ușa în urma ei.

Telefonul a început imediat să sune și să sune. Ea nu a răspuns.

CASA

C AMERA ERA GOALĂ, CU excepția rafturilor goale încorporate care flancau șemineul.

Rafturile goale mă făceau întotdeauna să mă simt melancolică. Ca și cum fostul proprietar își luase cu el toți prietenii și amintirile, dar uitase de structurile care le ținuseră și le expuseseră cât timp fusese în casă. Prin urmare, atunci când plecam dintr-o casă, indiferent de motiv, lăsam întotdeauna în urmă una dintre cărțile mele (cumpăram două cărți preferate), astfel încât speram ca noul proprietar să se bucure de ea la fel de mult ca mine. Pentru mine, era ca și cum îi prezentam un nou prieten. Dacă asta mă face să par prea sentimentală, nu mă deranjează, pentru că dragul meu soț spunea întotdeauna asta despre mine.

În timp ce traversam camera, ajustându-mi masca, am observat ceva lipit de perete, subțire ca o vafă. Era un covor mic.

„Pentru ce naiba e ăla acolo?" Am întrebat. Chiar dacă era ponosit și mic, ar fi fost mai bine, în fața șemineului. Cel puțin acolo chestia aia jalnică ar fi avut un scop. De multe ori fac asta, dau sentimente obiectelor inanimate. În lumea literară asta se numește personificare. Folosesc acest dispozitiv atât de des, încât soțul meu îi spune Maggie-fication.

August este numele soțului meu. Și da, el s-a născut în luna august, fiind Leu, în timp ce eu sunt Capricorn.

Când a venit lângă mine, am tremurat. Întotdeauna simțeam frigul.

Vorbind prin masca lui a spus: „Uf, e cald aici, iubire. De ce tremuri?" Și-a descheiat cardiganul gros de lână, un cadou de la fiul nostru Andrew, și l-a scos. Mi l-a pus pe umeri, apoi s-a mutat în cealaltă parte a camerei.

M-am cuibărit în el și am spus: „Mulțumesc", în timp ce îl urmăream.

Agenta, care era o veche prietenă de familie, purta o mască reflectând firma imobiliară pentru care lucra. Ea se mișca în mod audibil prin casă în cealaltă cameră, în timp ce noi ne făceam singuri o idee despre locul respectiv.

La scurt timp după aceea, ea a intrat în cameră pe ușa cea mai apropiată de obiectul pe care îl zărisem pe podea. Ne-am întâlnit în fața acestuia, ca și cum mi-ar fi auzit întrebarea.

Judy Marsh, numele agentului nostru și de peste douăzeci și cinci de ani, părea să nu mai știe ce să spună, ceea ce nu prea îi stătea în fire. Ea și orice alt agent imobiliar de pe planetă.

„Nu este magnific șemineul!", a exclamat ea.

Mi-am întors corpul spre căldură, în timp ce August, care mă acuza adesea că citesc prea multe romane de Agatha Christie, printre altele, acum plictisit şi dorind să treacă la treabă, s-a apropiat de uşă.

Judy a spus: „Am auzit întrebarea pe care ai pus-o acum câteva momente. Dezvăluirea completă", şi-a atins nasul. „Casa asta are un pic de istorie."

August, acum interesat, ni s-a alăturat din nou.

„Ce fel de istorie?" Am întrebat eu.

Judy a continuat: „Nu are sens să spunem poveşti dacă nu vă place aici. În acest caz, ne putem muta la următoarea casă. Mai am câteva pregătite. Deci, care este verdictul pentru asta până acum?"

August a spus: „Nu am văzut încă toată casa, este prea devreme să ne pronunţăm şi..."

I-am încheiat propoziţia, aşa cum au tendinţa să facă oamenii care sunt căsătoriţi de mult timp: „Şi nu este frumos din partea ta să ne laşi să ne îndrăgostim de locul ăsta - nu spun că este cazul aici - şi apoi să ne laşi mai moale."

„Coborâţi boom-ul, într-adevăr", adăugă August.

„Spune tot!" am cerut, în timp ce August mi-a luat mâna în a lui.

„Să mergem în bucătărie", a spus Judy. „O să dau drumul la ceainic şi o să fac o ceaşcă de ceai. Am aprovizionat dulapul cu câteva lucruri, cum ar fi ceai Earl Grey şi biscuiţi, pentru o astfel de ocazie. Apoi, totul va fi dezvăluit."

August, auzind că i se oferă o ceaşcă de ceai şi un biscuit, a urmat-o pe Judy în bucătărie, iar eu, aşa cum se spune, am luat-o din urmă. Am mers de-a lungul unui hol, care avea tavane înalte, dar era destul de murdar deoarece nu exista un luminator - dacă am cumpăra locul, un luminator ar face acest hol mai primitor.

„Un luminator ar fi o îmbunătăţire", a sugerat August, în timp ce el şi Judy intrau în camera alăturată printr-o pereche de uşi batante, cum te-ai aştepta să vezi într-un western vechi cu Marlon Brando. „Astea trebuie să dispară", a spus August, în timp ce uşa se învârtea şi îi lovea spatele înainte ca eu să pot ajunge acolo şi să o opresc. Stătea acolo, cu mâinile în şolduri şi cu gura deschisă, fără să scoată niciun cuvânt.

Când am intrat în cameră, am înţeles de ce August rămăsese fără cuvinte, pentru că, vai, ce privelişte spectaculoasă! Bucătăria şi sala de mese erau adiacente, într-un spaţiu dreptunghiular imens, cu ferestre şi uşi de sticlă care se întindeau de la un capăt la celălalt şi care dădeau spre una dintre cele mai magnifice grădini pe care le-am văzut vreodată. Mi-aş fi dorit atât de mult să fie primăvară, pentru ca totul să fie în plină înflorire, dar şi toamna aici era frumoasă, cu copacii înfloriţi purtând culorile lor de toamnă.

„Dash ar adora asta", a spus August. Dash era băieţelul nostru teckel.

„Cu siguranţă", am spus eu, în timp ce Judy, acum în spatele nostru, se juca de-a mama turnând apă fierbinte în ceainic.

Nici August, nici eu nu ne puteam lua ochii de la frumoasa natură care ne aştepta la doar câţiva paşi distanţă. „Pot să deschid uşile?" am întrebat eu.

Judy a dat din cap, iar August a făcut onorurile. Imediat, sunetele de afară au curs ca muzica în bucătărie. Erau cicade, gaiţe albastre, vrăbii, cardinali, o broască ţestoasă... era o muzică fericită - până câteva momente mai târziu, când maşina de tuns iarba a vecinului a intrat în acţiune.

„Ceaiul e gata", a strigat Judy.

„Sincronizare perfectă", a spus August, închizând ușile glisante și făcând clic pe încuietoare. „Salut întunericul, vechiul meu prieten", a răcnit August. Era una dintre melodiile lui preferate de cântat - un clasic din repertoriul lui Simon și Garfunkel.

„Nu e întuneric aici", am spus eu, în timp ce Judy turna și servea ceaiul. Ca să fiu sinceră, nu eram o fană a ceaiurilor elegante precum Earl Grey. Dă-mi o ceașcă de Typhoo în orice zi. Am adăugat două lingurițe pline cu zahăr - dublu față de standardul bunului și bătrânului Typhoo, iar August a făcut la fel. În timp ce sorbeam, respingând biscuiții aleși de Judy - gingernut - am așteptat ca ea să înceapă să ne spună povestea la care făcuse aluzie.

***

„Mai întâi de toate", a început Judy, «nimeni nu a mai locuit în casa asta de zeci de ani».

„Decenii", am repetat eu, "Cum se poate așa ceva?"

August și-a golit resturile de ceai. Judy a făcut imediat o mișcare pentru a-i umple din nou ceașca, pe care el a evitat-o nepoliticos punându-și mâna peste partea de sus a acesteia.

Judy a zâmbit. „Cred că nu tuturor le place infuzia mea preferată." Ea și-a reumplut ceașca, apoi a continuat. „Locul a fost scos la vânzare de-a lungul anilor. Am angajat specialiști în punerea în scenă din tot statul, în speranța că aportul lor va ajuta la vânzare. Până acum, nu a funcționat."

„Nu are niciun sens", a spus August. „Cu siguranță ar fi mai puțin ecou dacă locul ar fi mobilat." Și-a ridicat ceașca goală și a suspinat.

„Ai prefera o sticlă de apă?" a întrebat Judy şi, fără să aştepte un răspuns, s-a dus la frigider, a scos trei sticle şi le-a aşezat în faţa noastră. Aveam sentimentul că aceasta va fi o poveste lungă.

Un sunet ciudat, venit din grădină, ne-a lovit simultan urechile. August şi-a împins scaunul înapoi, scrutând grădina care era acum doar parţial luminată, deoarece soarele apunea. „Poţi să vezi ceva?" l-am întrebat.

August avea o vedere de vultur, deşi era mai în vârstă decât mine. „Shhh", a spus el. Am aşteptat ascultând cu atenţie, dar sunetul nu s-a mai auzit. August s-a întors la locul său şi s-a aşezat în el ridicând din umeri.

Judy a spus: „E mai bine dacă îţi păstrezi comentariile şi întrebările pentru tine până la sfârşit. Vreau să termin înainte, vreau să spun, cât mai repede posibil."

August a spus: „Suntem bătrâni şi îmbătrânim în fiecare minut. Suntem obligaţi să uităm toate întrebările pe care le-am putea avea dacă această poveste pe care o spui va dura mult mai mult."

I-am bătut mâna lui August. „Dacă ai întrebări, tastează-le în telefon." Încercam de ceva vreme să-l fac să folosească funcţia Note din telefonul său. Eu, personal, o foloseam pentru multe lucruri, inclusiv pentru lista de cumpărături. I-am sugerat să o folosească şi el în acelaşi scop. Totuşi, venea acasă fără ceea ce aveam nevoie şi se întorcea din nou - de data aceasta cu hârtia în mână.

„Maggie", a spus el, «ştii că nu-mi place să fiu dependent de tehnologie».

„Să depinzi de copaci", a intervenit Judy, "nu este de bun augur nici pentru viitor."

„Bateria unei bucăți de hârtie nu moare!", a exclamat el.

„Dar un stilou rămâne fără cerneală", am spus eu, rânjind, apoi, bătându-l din nou pe mână, i-am înmânat un stilou și o hârtie - pe care le țineam mereu în geantă pentru astfel de ocazii.

***

„Voi începe cu începutul", a spus Judy.

Sub masă, August își mișca picioarele și puteam să-mi dau seama că devenea din ce în ce mai nerăbdător și că se gândea: „Dă-i drumul, femeie!", pentru că asta gândeam și eu.

În cele din urmă, Judy a trecut la subiect. „Când acest loc a fost stabilit pentru prima dată, trei oameni au murit aici".

A așteptat ca noi să reacționăm, dar niciunul dintre noi nu a făcut-o. Înțelesesem deja că se întâmplase ceva îngrozitor - și deducem că trebuie să fi fost vorba de morți, crime și/sau haos. Chiar și oasele mele artrozice simțeau că ceva teribil se întâmplase aici. Mi-am înfășurat brațele în jurul meu, simțindu-mă din nou rece. August a făcut la fel, dar lui îi era mai cald decât mie, deoarece își recăpătase înainte cardul.

„Inițial, aici a fost construită o biserică în secolul[al XVIII-lea]. După ce a fost distrusă, iar trei oameni au murit - rămânând doar bibliotecile și șemineul - toate religiile au jurat să nu reconstruiască niciodată o casă a lui Dumnezeu aici. Astfel, căsuțele, casele, casele domnești, bungalourile și, în cele din urmă, designul bungaloului California cu două etaje în care ne aflăm acum au fost construite pentru a se potrivi nevoilor și cerințelor proprietarilor pentru timpul alocat în care au trăit. Astfel, mulți enoriași, participanți la biserică și familii și-au făcut din acest loc de cult și/sau casă.

Să pornim de la biserica originală. La ^{mijlocul} secolului al XVIII-lea, în această locație a început o comunitate, una dintre primele stabilite în Ontario, după ce mulți imigranți au ales acest loc pentru a se stabili și pentru a-și construi noul viitor.

Doi astfel de oameni au fost Lady și Lord Charleston, care au devenit rapid lideri în comunitate și care au oferit fondurile pentru construirea primei biserici, fără nicio recunoaștere pentru ei înșiși, în afară de o mică bibliotecă, în rectorat, în care cărțile puteau fi citite și împrumutate de comunitate pe teme legate de religie. Pentru a le oferi confort în timp ce studiau sau citeau, un șemineu urma să fie construit în centrul a două astfel de biblioteci.

Din cauza importanței cererii, s-au făcut multe cercetări pentru a afla ce lemn ar fi cel mai durabil în timp. Un imigrant din Italia a vorbit despre Ciprul mediteranean, spunând că a văzut un altar într-o biserică romană făcut din acest lemn care a supraviețuit unui incendiu care a distrus restul clădirii. S-a decis să se trimită câțiva copaci care să poată fi cultivați pe plan local și, de asemenea, să se comande livrarea unei cantități suficiente în Canada. Pe măsură ce trecea timpul, același om vorbea despre puterile supranaturale pe care le avea acest copac din vechea sa țară. Datorită aromei sale puternice, familiile au plantat copacii lângă cei dragi în cimitirele din întreaga țară, pentru a ține demonii la distanță și pentru a se asigura că sufletele celor dragi trec de partea cealaltă".

Câțiva dintre ceilalți enoriași nu au fost mulțumiți de această blasfemie și au sugerat să folosească copaci canadieni doar pentru această aventură. Lordul și Lady Charleston au respins moțiunea, iar comunitatea a așteptat livrarea lemnului pentru rectorat și, între timp, a construit biserica și a continuat să construiască școala și alte clădiri. Nou-veniții au venit în număr mare în comunitate, alegând să se stabilească într-un loc care oferea servicii, permițând tuturor să se stabilească mai repede.

Lemnul a sosit și rectoratul a fost construit, dar nu fără unele greutăți. Mai întâi, un bărbat care cobora bușteanul de pe navă a fost strivit când mai mulți bușteni s-au desprins și s-au prăbușit peste el. După aceea, s-au luat mai multe măsuri de precauție, dar cei care avertizaseră asupra blasfemiei șușoteau între ei în cunoștință de cauză.

Ani mai târziu, iar colonia nu avea un nume, s-a sugerat ca aceasta să se numească New Charleston, și așa a fost numită, iar timp de mai multe generații, toți au fost serviți de comunitate, iar populația a crescut cu salturi și salturi. Lordul și Lady Charleston au murit, dar portretele lor au fost pictate și amplasate deasupra șemineului din biblioteca rectoratului, între cele două rafturi. Împotriva unei puternice proteste publice, biblioteca a fost numită Arhivele Lady Charleston, deoarece familia și-a donat colecția de cărți pentru a umple rafturile."

Am deșurubat capacul sticlei de apă și am luat o înghițitură, în timp ce August se uita la ceas. Soarele apunea acum și cea mai mare parte a grădinii din spate era în întuneric, cu excepția unui singur reflector care era furnizat de lună.

„În această biserică au avut loc decesele."

August și cu mine ne-am apropiat, sperând că va ajunge repede la subiect. Stomacul meu mârâia. Pentru că trecuse de mult de ora cinei și începea să converseze cu al lui August într-un duet al senzațiilor de foame.

„Gingernut?" a întrebat Judy, fluturându-le în fața noastră. Am refuzat politicos. „De ce să nu comand o pizza? În timp ce este coaptă și livrată, pot să-mi continui povestea."

„Fără ananas", a spus August. Pizza cu ananas era o adevărată pacoste a lui. „Ananasul este menit pentru prăjitura răsturnată, nu pentru pizza."

„Sunt perfect de acord", a spus Judy, apăsând tasta de apelare rapidă a telefonului ei.

„Fără anșoa", am spus eu, încercând să-mi conving stomacul să se liniștească.

***

„În 1847, o femeie, o străină, a venit în comunitate în toiul nopții căutându-și soțul și fiul mic. Ea a bătut la uși, provocând o adevărată agitație, deoarece era trecut de miezul nopții. Membrii comunității au ieșit din casele lor, încercând să o ajute, și au format o echipă de căutare folosind lămpi pentru a-și ghida drumul. A fost genul acela de comunitate, care s-a unit pentru a-i ajuta pe alții, chiar și pe străini. Nimeni nu i-a pus la îndoială motivele, povestea sau sănătatea mintală.

Luna era octombrie, așa că era răcoare, dar înainte să cadă prima zăpadă. Au mers cu greu, căutând până a răsărit soarele, apoi s-au regrupat pentru a mânca, a bea și a afla mai multe de la femeia care fusese prea epuizată pentru a escalada locul cu ei. Când a sosit, a fost găzduită prompt și pusă în pat după o ceașcă de ceai tare, cu un strop de whisky în ea pentru a se asigura că va dormi toată noaptea.

După mai multe discuții și confirmarea faptului că nimeni nu văzuse capul sau părul soțului sau al copilului, au mâncat împreună cu mâncarea oferită de societatea femeilor de la biserică și au discutat despre ce să facă în continuare. Nu era ca în zilele noastre, când poți tipări cu ușurință afișe și le poți lipi cu bandă adezivă peste tot, nici social media nu era o opțiune. În schimb, a fost angajată o artistă, pentru a schița familia pe baza descrierii mamei. Numele femeii era Reba, numele copilului ei era Jacob, iar numele soțului ei era tot Jacob.

Într-o seară, destul de târziu, un localnic a văzut-o pe femeia Reba intrând în biserică, ținând de mână un copil. S-a întrebat unde este soțul, dar nu s-a mai gândit la asta și s-a dus la culcare.

Reba își dusese fiul la biserică pentru a aprinde o lumânare pe alar, pentru a-i mulțumi lui Iisus că i-a adus soțul și fiul înapoi la ea. Ușa bisericii nu fusese asigurată pentru că Jacob Senior urma să li se alăture în curând. O rafală de vânt, care a fost atât de puternică, a suflat flacăra și i-a luat foc mâneca și, deoarece își ținea fiul în brațe în acel moment, a luat foc și costumul acestuia. Bătrânul Iacob a intrat și a alergat spre ei, lăsând ușa deschisă până la capăt. Mai mult vânt furios l-a urmat, în timp ce închidea distanța dintre el și cei dragi. Biserica, care a fost construită din copaci locali, s-a ridicat cu ei în ea în cel mai scurt timp.

Sala comunității, unde femeile de la biserică serveau mâncare voluntarilor, a mirosit mai întâi ceva ars și au fugit pe străzi. Majoritatea voluntarilor erau și pompieri, dar resursele lor la momentul respectiv erau limitate. Au făcut tot ce au putut pentru a salva biserica, dar era prea târziu pentru asta. Casa parohială nu fusese încă înghițită, așa că au reușit să-l scoată pe preot și să salveze, așa cum am spus, bibliotecile și șemineul. Familia de trei persoane a pierit... arsă în neant. Cenușă în cenușă, cum se spune."

Judy a respirat adânc, a luat o gură de apă, apoi a sunat soneria. Faptul că spusese povestea îi luase mult timp, așa că August s-a oferit să ridice pizza, dar Judy, spunând că trebuie să plătească - putea să o treacă drept o cheltuială legată de muncă - s-a dus până la urmă la ușă. S-a întors cu pizza fierbinte și cu un miros delicios, iar noi ne-am băgat în ea fără să vorbim pentru o vreme, în afară de oohs și ahhs, în timp ce savuram festinul gustos.

Acum, mulțumită și cu burțile pline, Judy a continuat cu povestea.

„De atunci, se spune că fantomele acelei familii bântuie această casă. Orice văd oamenii, îi sperie atât de tare încât fug de aici țipând. De-a lungul anilor, casele au fost reconstruite pe această proprietate de-a lungul secolelor, dar nimeni nu a locuit vreodată aici pentru o perioadă lungă de timp."

Se făcuse extrem de târziu; povestea lui Judy a durat destul de mult să fie terminată.

„Ai putea, te rog, să avansezi rapid și să ne aduci până în prezent?" a întrebat August, din nou mai nepoliticos decât se aștepta el sau eu să o facă. Era trecut de ora lui de culcare și nu era în întregime vina lui că devenise irascibil.

Judy și-a cerut scuze. „Casa asta a fost construită acum douăzeci și cinci de ani. A fost cumpărată, vândută, închiriată, renovată -

orice și de mai multe ori decât am eu degetele de la mâini și de la picioare să număr - nimeni nu vrea să locuiască aici." S-a uitat în jur. „Da, se vede bine, dar e ceva la ea. Ceva care îi face pe oameni să fugă. Mai ales la ora asta din noapte. Am vrut să văd dacă vi s-a întâmplat și vouă."

„Deci, noi suntem guineapigii voștri prietenoși", a spus August, împingându-și brusc scaunul înapoi. „Hai să continuăm turul. Ce este la etaj?"

Eu nu m-am mișcat.

„Habar nu ai; vreau să spun absolut habar nu ai de ce oamenii ar acționa într-un mod atât de extrem? Pentru mine are puțin sau deloc sens. Cu siguranță ai vedea orice au văzut ei."

„Eu nu văd niciodată", a spus Judy.

„Ei bine, asta e bizar", a spus August.

Judy a zâmbit. „Știu și eu. Și de aceea, dați-mi voie să spun asta, că oamenii spirituali, cum ar fi mediumii, misticii, ghicitorii, vrăjitoarele, vrăjitorii - numiți-i pe toți și ei au fost aici - da, au exorcizat chiar și această locație de la un stâlp la altul și totuși, lucrul care îi face pe toți să fugă, inclusiv pe toți cei de mai sus, încă se întâmplă. Fiecare dintre ei a fugit pe dealuri, țipând - și nu s-a mai întors niciodată."

„Chestii și prostii", spuse August.

Dar cu cât vorbea mai mult despre asta, cu atât eram mai speriată și mai dispusă să cred, pentru că, pe măsură ce trecea timpul, îmi era din ce în ce mai frig. De fapt, tremuram de parcă cineva ar fi călcat pe mormântul meu - chiar dacă, desigur, nu eram mort. Încă nu. Numai gândul la asta îmi făcea părul de pe braţe să mi se ridice în picioare.

Judy s-a ridicat în picioare. „Acum ştii ce ştiu şi eu. Preţul este deja mic, dar este încă negociabil. Proprietarul vrea să fie vândut şi să dispară din mâinile lui - ieri. De ce nu aruncaţi o privire sus, să vă faceţi o idee despre ultimul etaj?"

August a spus: „Am putea să o cumpărăm cu drag, să o dărâmăm şi să reconstruim ceva potrivit nevoilor noastre, cum ar fi un bungalou. Am fi în continuare în avantaj şi am avea fonduri suficiente pentru a ne întreţine pentru tot restul vieţii noastre."

Cu genunchii tremurând, m-am ridicat şi eu, ţinându-mă bine de masă. Suna bine, de fapt prea bine ca să fie adevărat.

Judy a spus: „Este desemnat patrimoniu. Rafturile şi şemineul trebuie să rămână intacte. Acest lucru nu este negociabil. De fapt, nu-ţi pot accepta oferta decât dacă eşti dispus să pui asta în scris."

August şi cu mine am ieşit din bucătărie, ca într-o transă, ajungând să stăm pe covorul care era acum în faţa şemineului. Focul puternic care scuipa şi lumina încăperea m-a făcut să mă întreb de ce îmi era şi mai frig.

„...electricitate", a spus Judy.

Eu plecasem în mintea mea pe tărâmul cărţilor şi nu am înţeles ce spunea ea.

„...a oprit-o. Şi apa la fel."

Mi-am plimbat mâna de-a lungul raftului central, având acum o idee de ansamblu, în timp ce August părăsea camera. M-am întors şi l-am urmat, la fel ca Judy. S-a oprit la baza scării, s-a uitat să vadă unde ne aflăm, apoi a început să urce. M-am agăţat de balustradă și am urcat și eu. Pe la jumătatea drumului, balustrada s-a simțit șubredă, la fel și genunchii mei. Picioarele mele păreau să se afunde în scările de lemn, făcându-mă să mă simt nesigură. August era deja sus. Am observat că își lumina drumul folosind aplicația lanternă de pe telefon. M-am simțit mândră că, în sfârșit, găsise o utilizare pentru una dintre aplicațiile pe care îi recomandasem să le încerce.

Când m-am alăturat lui în vârf, am privit-o pe Judy, care aștepta cu telefonul îndreptat în fața ei - folosind și ea aplicația lanternă. „Trebuie să închid în curând", a spus ea.

„O să ne plimbăm puțin", am spus eu, în timp ce August se îndepărta de mine spre ușa din capătul coridorului. În timp ce mergeam, covorul gros de sub picioarele mele părea moale, astfel încât era greu să mă grăbesc. August a deschis ușa, afișând o baie împodobită în culoarea piersicii, cu chiuvetă, cadă, toaletă și duș. Baia era împodobită cu accesorii - unul dintre acele covoare cu mochetă aruncate în jurul bazei sale. Stilul nu era pe gustul nostru și am spus-o, în timp ce am închis ușa și am trecut la un dormitor, micuț, decorat în albastru cu mașini care circulau pe pereți și stele care se aprindeau când îndreptam lanterna spre ele pe tavan.

„Îmi plac stelele astea luminoase", a spus August, copilul din el ieșind la suprafață. Am fost surprinsă că nu-i plac și mașinile de pe tapet. Poate că îi plăceau, dar dintre cele două prefera stelele.

„Da, hai să le dăm jos și să le punem deasupra șemineului - asta dacă îl cumpărăm", am spus.

Am trecut la un alt dormitor, o cameră de oaspeți, plină de flori de tot felul, feluri și culori. Floarea-soarelui era șablonată pe spatele ușii.

„Foarte primitor", am spus, în timp ce ne îndreptam pe hol spre ultima cameră: dormitorul principal. Mi-am dat seama că o casă de asemenea dimensiuni ar trebui să aibă mai mult de trei dormitoare.

August a spus: „Putem construi mai multe camere pe teren, când vom transforma asta într-un bungalow. Atât de mult spațiu este irosit aici".

Ne-am uitat la baia privată, care era, de asemenea, foarte învechită cu piersici - deși exista o cadă spa împodobită cu robinete și accesorii aurii. Iar deasupra ei, o fereastră mare în arc oferea o vedere panoramică a ceea ce am presupus că trebuie să fie grădina din spate.

August s-a urcat pe cadă, luându-mă de mână în timp ce făcea asta. Stăteam împreună, unul lângă altul, privind în jos spre grădină, când au apărut trei siluete. Aliniate în funcție de înălțime, în stânga era un bărbat, deși, dată fiind statura sa, s-ar fi putut crede că era un băiat. Îmbrăcămintea lui includea o pălărie cu arc, o cămașă de in cu volane deasupra taliei, un sacou până la genunchi și pantaloni care dovedeau contrariul. Ținându-l de mână pe bărbat era un băiat a cărui jachetă îi cădea chiar sub talie, în timp ce pantalonii îi ajungeau până la genunchi, iar șuvițele negre îi ieșeau de sub șapcă. Cei trei erau completați de o femeie, care ținea de mână un copil. Purta un palton gros matlasat care îi acoperea hainele și o bonetă de dormit pe cap - ca și cum ar fi ieșit în noapte pe neașteptate. Fețele pline ale tuturor celor trei personaje erau fixate de lună și de stele, ori asta, ori erau vrăjite.

„Sunt pe bune?" Am șoptit ținându-mă de umărul lui August, dar înainte să pot termina, trei perechi de ochi s-au uitat direct la noi și simultan au scos un țipăt cu voci atât de înalte încât trebuie să fi trezit toți câinii din cartier. Cei trei au spus,

„În fiecare zi, venim aici să ardem".

Ne-am acoperit urechile, în timp ce își repetau cântecul de sirenă, apoi flăcările, începând de la picioarele lor și urcând, i-au cuprins și, în curând, țipetele lor s-au transformat în gemete, în timp ce se prăbușeau la pământ în grămezi de cenușă.

Am țipat. Apoi s-a întâmplat ceva ce nu s-a mai întâmplat în toți anii de când suntem căsătoriți - August a țipat și el.

Am ieșit din cadă, am coborât scările în fugă, am trecut pe lângă Judy și am ieșit pe ușa din față cu o viteză pe care doi bătrâni ca noi nu ar fi crezut-o niciodată posibilă. Ne-am urcat în mașina lui Judy; ea condusese în timp ce ne arăta proprietatea. Când a urcat, a demarat, scârțâind din cauciucuri în timp ce mergea.

După ce ne-am îndepărtat suficient de mult de casă, Judy a spus într-un mod direct: „Voi întocmi o listă cu alte case pe care să le vedeți mâine la prima oră. O să vă găsim casa perfectă. Există o mulțime de locuri frumoase pe piață din care să alegeți". S-a uitat la noi în oglinda retrovizoare.

Eu încă tremuram și mă țineam de August.

„Vrei să-mi spui ce ai văzut?" a întrebat Judy.

„Nu i-ai auzit?" Am întrebat.

Judy a clătinat din cap într-un nu.

„Crede-mă, tu ești cea norocoasă", a spus August. „Acum du-ne acasă. Noi rămânem aici."

August și cu mine nu am mai vorbit niciodată de casă.

O CRIMĂ

S TĂTEAM ÎN MAȘINĂ, PREA speriată să ies.

Din spatele geamului fumuriu, puteam vedea totul - așa că de ce să mă pun în pericol? De ce să risc o infecție, când tot ce-mi doream era un pic de natură.

Atunci de ce nu stai acasă, animăluțule? Am auzit vocea ta blândă întrebându-mă în capul meu. Ca și cum ai fi fost aici, stând pe scaunul pasagerului lângă mine. Tu, fiind răposatul meu soț Gerald - patruzeci și doi de ani de căsnicie înainte ca COVID să-l omoare. Da, Gerald al meu a sucombat virusului chiar la începutul acestei perioade nebune din viața noastră. Înainte chiar de a fi numit pandemie de către cei care spuneau că sunt bine informați.

Chiar și atunci când s-a confirmat oficial că Gerald a fost expus și infectat - el nu a crezut. S-a lăsat evaluat doar pentru că l-am convins să vină cu mine, așa cum am spus în jurământul nostru, la bine și la rău. Am fost în preajma cuiva care a contractat-o în timp ce făceam voluntariat la banca de alimente. Nu a trebuit să îmi fac testul, dar m-am gândit că mai bine să fiu sigură decât să îmi pară rău și am intrat voluntar în carantină timp de paisprezece zile - cel puțin eu și Gerald puteam fi împreună.

Când au venit rezultatele, Gerald era bolnav, iar testul meu era negativ. Pentru că am fost unul în buzunarul celuilalt, existau șanse ca și eu să o fi avut, doar că eram asimptomatică, așa că am intrat amândoi în carantină, fericiți, împreună, așa cum am fost în cei 45 de ani de când ne cunoșteam.

Am fost pregătiți să înfruntăm chestia asta împreună, apoi mi s-a spus să stau departe de Gerald al meu, să-mi limitez contactul - să păstrez o ușă între noi, să port o mască, să mă spăl pe mâini des - știți procedura. Am luat camera de oaspeți; Gerald a luat camera noastră. Ne-am spus noapte bună unul altuia prin perete, exact așa cum făceau cei din familia Walton.

Într-o noapte, când nu putea să doarmă, i-am cântat o serenadă prin perete, câteva refrene din cântecul pe care făcusem primul nostru dans în liceu, un cântec numit Make Me Do Anything You Want de A Foot in Coldwater. L-am fredonat pentru mine, în timp ce mă uitam la ce se întâmplă afară. Un grup de gâște canadiene mâncau iarba la câțiva metri distanță. Am coborât puțin geamul, ca să le pot auzi pălăvrăgeala. Am respirat adânc, lăsând aerul de afară să intre, dar aerul proaspăt nu m-a împiedicat să-mi amintesc de partea următoare, cea mai grea, când Gerald a fost luat de lângă mine și internat în spital. Nu mi s-a permis să urc cu el în ambulanță, iar el a luat-o la vale atât de repede încât nu l-am mai văzut în viață.

I-am sunat mai întâi pe copii. Bineînțeles, toți au crescut acum și au copiii lor. Copii, capre. Bineînțeles că mă refer la copii. Nu știu sigur când am revenit la descrierea obișnuită. Probabil pentru că Gerald nu este aici să-mi spună să nu o fac.

Copiii noștri nu au putut veni din cauza restricțiilor de distanțare socială. Zonele lor erau înapoi în etapa 2. În plus, riscul de a contracta ei înșiși virusul, riscul de a-l transmite nepoților noștri nu merita asumat. Ne-am cronometrat fața - cu ajutorul unei asistente amabile - dar Gerald nu a vorbit. În acel moment, zâmbetul îi dispăruse din ochi și am știut.

După înmormântare - nimeni nu a venit la înmormântare în afară de mine - nu am știut ce să fac cu mine. A fost și mai rău după plata asigurării. Toată viața noastră am economisit și am făcut economii - și acum, el nu mai era, nu aveam unde să mergem - nu cu pandemia care pândea la fiecare colț - și Gerald al meu nu era acolo ca să împartă asta cu mine, așa că nu avea rost să mergem în primul rând. Atâția bani și nu mă puteam gândi la un singur lucru pe care îl doream sau de care aveam nevoie, în afară de Gerald.

Pe măsură ce toamna se apropia și frunzele începeau să se aprindă, de nenumărate ori am arătat nimănui un copac deosebit de frumos. Și mai era și Ziua Recunoștinței la orizont. De obicei, pregăteam ospățul familiei - cu produse canadiene obișnuite - cum ar fi plăcintă de dovleac, sos de afine, curcan, șuncă, umplutură, piure de cartofi, legume și salată de varză. Gerald tăia de obicei pasărea în timp ce eu organizam restul. Apoi ne învârteam în jurul mesei și toată lumea, chiar și cei mici, spuneau pentru ce au fost recunoscători în ultimul an. Mi-am amintit de declarația micuțului Kevin că era cel mai recunoscător pentru „Bampa," - bunicul. Ochii lui Gerald se luminaseră în acea zi ca soarele ieșind de după un nor după câteva zile de ploaie.

Fiica mea mi-a sugerat să fiu „gazda" unei cine virtuale de Ziua Recunoștinței. Inima ei era la locul potrivit, dar ideea era absurdă. De unul singur, aș pregăti o cină TV cu curcan și aș mânca-o în timp ce mă uit la A Charlie Brown Thanksgiving.

Așa că mă întorc la mine, stând aici în blestematul ăsta de automobil, cu geamurile fumurii ridicate - prea frică să ies din mașină. În timp ce ochii mei se plimbă pe alee, îi zăresc pe Sonny și Evelyn Marshall și înainte să am ocazia să mă feresc - ei mă zăresc pe mine. Se îndreaptă spre mine. Au auzit de moartea lui Gerald și vor să îi aducă un ultim omagiu, iar pentru mine este prea târziu să pornesc mașina și să ies din parcare.

Acum, în fața mașinii, purtând măști, Sonny bate în geamul meu, în timp ce Evelyn merge pe partea pasagerului.

„Alo", spun eu prin geamurile închise. Telefonul meu sună. Arăt spre el, anunțându-i că trebuie să răspund la un apel, apoi văd cine este apelantul - Evelyn este la telefon. „Bună, din nou", spun eu, în timp ce Sonny trece prin fața mașinii mele, oprindu-se pentru scurt timp să se uite la mine prin parbriz, înainte de a merge mai departe și a se alătura soției sale.

Evelyn spune: „Am auzit despre Gerald. Ne pare nespus de rău și am vrut doar să trecem pe aici și să vă spunem asta. De asemenea, să vă spunem că dacă aveți nevoie de ceva, orice, vă rugăm să ne sunați. Am vrea să fim acolo pentru voi cât de mult putem în timpul acestei pandemii." Sonny și-a pus brațul în jurul soției sale.

„Sunt bine", spun eu. „Mulțumesc pentru oferta amabilă și pentru că ați trecut pe aici." Închid și pun telefonul jos sperând că vor pleca.

Sonny spune ceva, ceea ce în mod normal aș fi știut pentru că mă pricep destul de bine să citesc pe buze, dar cu măștile astea pe mine oricine poate spune orice. El și Evelyn fac cu mâna când se întorc pe cărare și pleacă.

Îi privesc cum își dau mâna, cum devin din ce în ce mai mici. Când au plecat, o cioară neagră aterizează pe capota mașinii mele și se uită la mine prin geamul fumuriu. Cobor geamul și spun: „SHOO!"

Cioara se apropie de mine, își zburlește penele și răspunde cu un „CAW, CAW!" sfidător.

Ridic din nou geamul și o privesc cum pășește pe capota mașinii mele. Lăsând o dâră de urme de păsări pe mașina mea prăfuită. Pornesc motorul și pulverizez apă pe parbriz. Pasărea nu se mișcă. Scutur ștergătoarele de mai multe ori. În continuare, pasărea se uită la mine, dă din cap, apoi SPLAT face caca. Claxonez și privesc cum se ridică, plutește, mai face o dată caca, de data aceasta lovind farul înainte de a pleca spre apă.

Un grup de ciori se numește crimă. Când Gerald a murit, din cauza unui virus creat de om care a fost dezlănțuit pe planeta noastră, moartea lui nu a fost numită crimă - deși ar fi trebuit să fie numită crimă.

Bag mâna în geantă și scot masca. Îmi trec o buclă prin urechea dreaptă și a doua prin cea stângă. Mă asigur că este așezată corect, peste nas, sub bărbie. Ies din mașină și intru în lumina soarelui.

Bună fată, răcneşte Gerald, în timp ce o crimă de ciori formează un cerc deasupra capului meu, iar eu păşesc în faţa unui vehicul în mişcare.

SANS MASQUE

El STĂTEA PE O parte a camerei, iar ea pe cealaltă.

Amândoi îmbrăcați - sau prea îmbrăcați - așa percepea ea înfățișarea lui. Lustruit a fost primul cuvânt care i-a venit în minte, dar ceva la el părea prea șmecher. Ca și cum ar fi vrut ca ea să se îndrăgostească de el mai mult decât era deja.

Cel puțin el a apărut - chiar dacă ea a refuzat să facă ceea ce el i-a cerut să și aceasta a fost prima lor întâlnire în persoană.

S-au cunoscut printr-o aplicație de întâlniri. Nu există nicio lege împotriva acestui lucru - încă. Au dezvoltat o relație în timp. El își încheia întotdeauna mesajele cu un emoji de inimă palpitantă. Ea semna întotdeauna cu un „cu stimă", ca și cum ar fi încheiat o scrisoare. Era o începătoare în scenariul aplicației de întâlniri, dar cu legile stricte ale pandemiei în vigoare, cum altfel ar fi putut să cunoască pe cineva?

După puțin peste două luni de mesaje și e-mailuri, el a cerut să o întâlnească personal. Ea a fost de acord cu reticență. Într-un fel, dacă nu s-ar fi întâlnit niciodată, şi-ar fi putut imagina că el era tot ceea ce pretindea a fi. Mai important, ea nu a vrut să pară prea nerăbdătoare sau disperată.

El se chinuise atât de mult, aranjând totul, inclusiv locul la care plănuia să o ducă. La început, nu-i venea să-şi creadă norocul. În timp ce aştepta ca el să confirme detaliile, emoţiile ei treceau de la entuziasm la scepticism. Chiar putea el să rezerve un loc atât de exclusivist doar pentru ei doi? Când el i-a trimis un mesaj cu detalii, ea a scos un hohot, apoi a răspuns cu un emoji cu o faţă zâmbitoare. Primul din relaţia ei.

După aceea, s-a dus imediat la dulapul ei şi a deschis uşile cu oglindă. A scotocit printre umeraşe, până când a găsit cea mai scumpă rochie a ei - cea pe care o numea rochia ei elegantă. O numise astfel în amintirea răposatei sale mame. Era o imitaţie de model pe care o cumpărase de pe internet şi era cea mai mândră posesiune a ei în materie de modă. A ţinut-o lipită de ea, uitându-se în oglindă şi încercând să decidă cu ce bijuterii o va accentua: diamante false sau perle? S-a hotărât pentru prima.

În dimineaţa marelui eveniment, se trezise devreme pentru a-şi verifica căsuţa de e-mail. Se aştepta să primească un SMS sau un mesaj în care el să spună că a trebuit să anuleze. De fapt, o parte din ea spera că el va anula, dar căsuţa ei poştală era goală şi nu primise niciun mesaj. Se dusese în bucătărie, să-şi facă o ceaşcă de cafea, şi apoi verificase din nou, în caz că el ar fi luat legătura cu ea. De data aceasta, se uită şi în fişierul nedorit - şi acesta era gol.

De-a lungul zilei s-a ţinut ocupată. Mai întâi a făcut o baie lungă cu aburi şi s-a exfoliat. A urmat un prânz uşor. A verificat din nou dacă are mesaje şi nu a găsit niciunul, şi-a aranjat părul, apoi şi-a făcut unghiile. Înainte de a se machia, a căutat pe reţelele de socializare. Nu a găsit nicio dovadă a activităţii sale recente, şi-a încălţat cea mai înaltă pereche de tocuri - cele care îi făceau picioarele să pară cele mai lungi. Şi-a completat look-ul aplicând un strat de ruj roşu ca un măr dulce şi a păşit în faţa oglinzii. Perfectă.

Cu excepţia unui singur lucru: geanta cu clutch asortată. Şi-a transferat telefonul şi cardul de debit în ea, apoi s-a întors după ruj şi acum era pregătită pentru orice.

Când a ieşit pe uşa din faţă şi şi-a aplicat masca, a sosit taxiul. Îl rezervase cu o seară înainte, asigurându-se că nu va ajunge prea târziu sau prea devreme. Voia ca momentul să fie perfect pentru prima lor întâlnire în carne şi oase.

***

Şi-a petrecut ziua verificând totul de două ori, aşa cum făcea întotdeauna în astfel de ocazii.

Aştepta cu nerăbdare să o întâlnească în sfârşit în persoană. Online, părea mai timidă şi mai naivă decât toate celelalte cu care vorbise. Părea atât de timidă, atât de ireală încât refuzase categoric să-i trimită o fotografie cu ea goală. Nud însemnând fără mască.

Înainte ca ea să accepte să se întâlnească cu el, el a trebuit să o asigure că liniile directoare vor fi respectate. Ei bine, nu doar urmate, ca să spun aşa, adică ea a cerut nu mai puţin decât garanţia lui personală că nu vor fi întrerupţi.

Când liderii din întreaga lume au căzut, guvernul internaţional s-a format pentru a umple golul. Cu G.I. la cârmă, lumea a cerut sancţiuni mai severe pentru huliganii care nu se conformau distanțării sociale. Asociații Internaționali pentru Pandemie (I.P.A.), nou formați, au fost autorizați să aplice legile privind distanțarea socială prin toate mijloacele necesare.

După căderea liderilor mondiali, a existat o revoltă publică acerbă. Rețelele de socializare au fost inundate cu dezinformări. Oamenii au cerut dreptate, ieșind în stradă cu pancarte și semne ale păcii. Când nu au putut fi reduși la tăcere, iar închisorile au fost pline până la refuz, execuțiile publice au fost înscrise în lege.

În tot acest timp, a reușit să își păstreze banii și nu i-a fost teamă să îi folosească atunci când a fost în avantajul său. Unse câteva palme pentru a rezerva locul, pentru a angaja personalul și pentru a se asigura că nu vor fi deranjați. Nu putea face nimic în legătură cu ochii care îi observau. Camerele S.D. erau peste tot.

Smokingul său fusese ridicat și era încă învelit în husa de plastic pe care o purta pe drumul de întoarcere de la curățătorie. Fusese pus în carantină în garaj până la nevoie. Niciodată nu poți fi prea atent. Timpul standard pentru punerea în carantină a țesăturilor era de patruzeci și opt de ore. Pentru a fi mai prudent, fusese lăsată în garaj o săptămână întreagă.

După ce a fost îmbrăcat complet, ultimul lucru pe care l-a făcut a fost să-și pună masca înainte de a urca în mașină. Era puțin trafic și parcarea era ușoară.

Voia ca totul să fie perfect.

La fel cum spera el că va fi și ea.

***

A coborât din taxi pe trotuar și a închis distanța dintre ea și locul de desfășurare.

Pe jos, scris cu cretă pe trotuar, era un mesaj adresat ei. Scria: *Dragă, urmează-mă*. Ea a zâmbit și a urmat traseul inimilor gravate pe pietre. Din când în când, degetele ei căutau reasigurare în masca care îi acoperea fața. Era ca un alt strat de piele acum.

A intrat în ușile deschise, urmând mai multe inimi care o conduceau de-a lungul coridorului.

În cele din urmă, a ajuns sperând că dragostea ei adevărată, sufletul ei pereche, o aștepta.

***

În cealaltă parte a camerei, privirile lor s-au întâlnit. Ea în rochia ei neagră fără mâneci și el în smochingul său negru.

„Ai venit!", a spus el cu o voce puternică și afirmativă.

„Da", a răspuns ea într-o șoaptă fără suflare.

Ea și-a încetinit bătăile inimii, luând în considerare camera. Atenția lui la detalii era impecabilă. Masa era pusă pentru două persoane, cu cele mai fine porțelanuri, cristale și argint. Masa se întindea pe toată lungimea camerei. În centru, un candelabru magnific radia romantism.

„Vă rog să luați loc", a spus el.

Ea s-a așezat la capătul ei, iar el la al lui. Înainte ca o tăcere stânjenitoare să se instaleze, el a aplaudat. Doi chelneri au sosit pe o ușă pe care ea nu o observase. Îmbrăcați din cap până în picioare în costume integrale care nu ar fi părut deplasate pe Lună, s-au apropiat. Cu mâinile lor înmănușate au umplut cupele de șampanie, iar bolurile lor cu un consum ușor.

El a pocnit partea laterală a paharului său cu un tacâm, iar ea a făcut la fel. La nunți, acest ritual se făcea cândva ca o rugăminte pentru tinerii căsătoriți de a schimba un sărut. Simplul gând de a se demasca în public o făcea să tremure. În această nouă lume pandemică, clinchetul indica faptul că inițiatorul dorea să ofere un toast.

„Pentru tine", a spus el, ridicând paharul.

„Pentru noi", a spus ea, roșind furios, ascunsă sub mască.

Chelnerii soseau periodic aducând tăvi. După ultima lor prezentare de cireșe Jubilee flambate, chelnerii s-au înclinat. Acest lucru indica faptul că nu se vor mai întoarce.

„Dacă aș putea să te sărut", a spus el, mai tare decât i-ar fi plăcut, dar suficient de tare pentru a ține cont de masca lui.

Aceste cuvinte din partea lui au aprins-o. Înainte să-și dea seama ce face, s-a ridicat în picioare și i-a aruncat un sărut. S-a așezat din nou jos și și-a imaginat sărutul plutind în aer peste masă ca o pană.

El l-a prins, l-a lipit de buzele lui. „Nu e de ajuns", a răcnit el.

Ea și-a lansat din nou scaunul înapoi. Acesta a răzbit prin tăcere.

Tocurile ei înalte au făcut clic-clac când a traversat podeaua. Se poticnea de emoție în timp ce se îndrepta spre el de-a lungul mesei.

În timp ce se îndrepta spre el, aerul condiționat îi împrăștia parfumul ei dulce, dulce în direcția lui. Până atunci, el fusese martor doar la ochii ei albastru coral și la lobii mici ai urechilor sub care erau fixate curelele măștii. Inima îi bătea atât de repede, încât era sigur că-i va ieși din piept. Ca să se calmeze, și-a învârtit verigheta pe deget, întrebându-se dacă fata asta merita. Era suficient pentru el să riște să încalce legea? Ar muri pentru ea?

„Oprește-te!" a strigat el, ridicându-și violent mâna în aer ca un paznic de școală furios.

Ea, încă în zbor, își mușca buza sub mască.

El și-a fixat masca la locul ei.

În timp ce ochiul din perete clipea în spatele ei, el a șoptit: „Am uitat să menționez că sunt căsătorit?"

Ea a continuat să se grăbească spre el, în timp ce ușile din spatele lui se deschideau.

„Am uitat să menționez că sunt cu IG?", a întrebat ea, în timp ce cei doi bărbați în costume spațiale îl trânteau la pământ.

Recunoștințe

Dragi cititori,

Mulțumesc prietenilor minunați, familiei și echipei de oameni care m-au sprijinit pe mine și scrisul meu de-a lungul anilor din punct de vedere emoțional, precum și celor dintre voi (știți cine sunteți) care m-au ajutat cu lucruri tehnice, cum ar fi citirea probelor, editarea etc. Serios, nu aș fi putut face asta fără fiecare dintre voi.

Vă mulțumesc tuturor de un milion de ori!

Cu cea mai mare dragoste,

Cathy

Despre autor

Cathy McGough locuiește și scrie în Ontario, Canada, împreună cu soțul ei, fiul, pisica și câinele.

De asemenea

FICTION

SECRETUL LUI RIBBY

COPILUL TUTUROR

+

CĂRȚI PENTRU COPII ȘI TINERI ADULȚI